계란'떡만두햄치즈김치라면

계란떡만두햄치즈김치라면

장이랑 장편소설

폭스코너

차례

- 수프 없는 라면   7
- 엄마가 끓여 준 마지막 라면   15
- 아빠는 가고 도이시 미켈란이 왔다   23
- 내가 너라면, 네가 나라면   38
- 도이시의 친구, 쏙 출격 사건   54
- 가파를수록 하늘과 가깝다   63
- 계란똑만두햄취이즈김치이롸면   76
- 라면 있슈? 라면 잇슈!   87
- 장례식장을 순례하는 아이   98
- 키 컸으면, 더 컸으면   110
- 사람이 보이는 것보다 가까이 있음   128
- 아프리카 처녀가 복덩이였네   142
- 겨, 아녀?   148
- 낮과 밤이 바뀌는 오묘한 시간   170
- 행복한 나비가 될 거야   177
- 오호, 인스턴트지만 제법이야   183
- 아프리카로 띄우는 편지(feat. 〈전국노래자랑〉)   192

작가의 말   207

수프 없는 라면

"어이, 도이서! 일편단심 순정파 아빠를 둔 기분은?"

누군가 내게 이런 질문을 한다면?

한 치의 머뭇거림도 없이 난 "수프 없는 라면"이라고 대꾸할 것이다. 황망하고 어이없다가 지독하게 화가 치민달까.

아빠는 엄마의 부재를 견디지 못하고 다시 아프리카로 떠났다. 아니, 돌아갔다고 해야 하나.

엄마와 아빠는 서아프리카 가나 아크라에서 국제 구호단체 스태프로 처음 만났고, 사랑했고, 결혼했다. 이 년 뒤 나 도이서를 낳았는데, 내가 다섯 살 때 친할아버지가 폐암 말기로 삼 개월 시한부 선고를 받지 않았다면 우리는 계속 아프리카에서 살았을 것이다.

한국에 돌아온 뒤부터 나는 엄마, 아빠, 네, 아니오 같은 짧은 단어 몇 가지를 빼곤 거의 의사 표현을 하지 않았다. 엄마와 아빠는 차츰 겁이 나기 시작했고, 목소리가 엄청나게 큰 할머니 황 여사와 삼촌의 성화에 못 이겨 병원에도 여러 차례 다녔다. 초등학교 저학년 때까지 심리치료니, 미술치료니 하는 것도 숱하게 받았지만, 차도는 없었다. '선택적 함구증'이라는 이해하기 어려운 병명만 겨우 얻은 채.

'선택? 대체 누가 뭘?'

여전히 난 선택이라는 단어에 반감이 크다. 여기서 선택적이란 건 특정한 장면이나 상황을 가리키는 말이라는데, 아무리 생각해봐도 요 요 요 '특정'이라는 단어만큼 애매모호한 건 없지 않나 싶다. 특정이라면서 원인은 복합적이란다. 유전일 수도 있고 뇌 기능 부족, 스트레스, 공포, 불안 및 강박일 수도 있다니, 그야말로 코에 걸면 코걸이요, 귀에 걸면 귀걸이다.

더 기가 막힌 건 대부분의 사람이 '선택적'이란 단어를 액면 그대로 '셀렉티브'라고만 미루어 짐작한다는 것이다. 정말 재수 없는 해석이 아닐 수 없다. 목소리 큰 사람이 이기는 이 험한 세상에서 그런 걸 자의로 선택하는 사람이 과연 몇이나 된다고.

애니웨이, 결론은 이랬다. 일반적인 학습에는 문제가 없고, 단지 말을 해야 하는 특정 상황에 지독한 부담감을 느끼는 것이므로 부모가 다그치거나 재촉하는 건 결코 도움이 안 된다……. 주기적으로 뇌 기능을 체크하고, 스트레스 지수나 불안지수를 점검해 그에 걸맞은 적절한 치료를 해야 한다…….

엄마, 아빠는 나를 몰아붙이면 상황이 더욱 악화할 수 있다는 대목에만 밑줄을 그은 것 같았다. 그 뒤론 병원을 찾는 횟수가 현저하게 줄었으니까. 결론적으로 우리 엄마, 아빠는 아프리카에선 불쌍한 아이들을 보살피는 데 도가 튼 희생과 헌신의 아이콘이었으나, 한국에선 하나뿐인 아들을 침묵의 망망대해로 내몬 낙제점의 부모였다.

주변의 쑥덕거림이 뭘 의미하는지 얼추 알게 되면서 억지로 말을 해 보고자 나름 기를 쓰기도 했다. 그럴수록 목구멍이 더 심하게 막혀 버렸지만.

최악은 그래서 어떻게든 말의 우물에서 두레박으로 말을 길어 올리고자 안간힘을 쓰다 보면 영락없이 한쪽 입꼬리만 저절로 올라가, 내 의도와는 상관없이 마치 상대방을 비웃는 것처럼 보인다는 것이다.

그렇다고 아예 말을 못하는 사람으로 멋대로 취급하면 곤란하다. 가족이나 민수처럼 허물없이 익숙한 몇몇 사람에겐 뻔한 말 여러 마디는 스스럼없이 할 수 있다. 학교에서도 네, 아니오 정도는 한다. 일명 생존 단어라고 할 수 있겠다.

그 외에 순발력을 요하는 한 줄 이상의 문장을 내뱉는다는 건 거의 불가능에 가깝다고 보면 된다. 쉽게 말해 길지 않은 문장으로나마 서로 이야기를 주고받는 소위 '핑퐁 대화'는 꿈도 꿀 수 없다는 뜻이다.

갑자기 민수 생각이 난다. 민수는 가족이 아닌데도 '뻔한 말 여러 마디' 정도가 되는, 그야말로 지구상에서 단 하나뿐인 또래 친구였다. 우리에겐 꽤 웃픈 사연이 하나 있었는데, 아무래도 그게 윤활유가 되어 준 것 같다.

유치원 때 7세 진달래반에서 처음 만난 민수는 똑똑했다. 너무 똑똑해서 종종 선생님의 말문을 막아 버렸지만. 그중에서도 최고는 악어 사건이었다. 길거리에서 악어 로고의 옷을 입은 사람만 봐도 그 생각이 날 만큼 내겐 폭풍급 충격이었다.

매주 수요일과 금요일엔 원어민 선생님의 영어 수업이 있었는데, 하루는 그분이 심한 독감에 걸려 우리 진달래반 담임선생님이 울며 겨자 먹기로 영어 카드놀이를 진행했다.

"자, 여러분! 선생님이 카드를 꺼내면 영어로 이름을 맞혀 주세요."

선생님은 아이들의 호기심을 유도하기 위해 캐릭터가 그려진 카드를 그럴싸하게 뒤섞었다. 그러고는 고민하는 척 뜸을 들이다가 짜잔, 하는 표정으로 하나를 꺼내 들었다. 주둥이가 U자 모양으로 넓고 몸 전체가 어두운 초록색을 띤 악어였다. 그러자 아이들이 기다렸다는 듯 "악어다!" 하고 환호를 했다.

"굿 좝! 악어 맞아요. 근데 영어로 대답해야지? 플리즈, 앤썰 인 잉글리쉬!"

선생님이 있는 대로 혀를 굴렸다. 몇몇 아이들이 "크로커다일!"

하고 외치자 선생님의 얼굴엔 흡족한 미소가 번졌다.

"맞아요, 크로커다일. 진달래반 베리 굿! 엑설런트!"

민수가 팔을 번쩍 든 건 바로 그때였다. 민수는 선생님을 당황하게 하는 데 도가 튼 진달래반의 대표 질문쟁이였다.

"선생님, 크로커다일 아닌데요. 엘리게이터예요."

질문의 의도를 전혀 눈치채지 못한 선생님은 '에휴, 별거 아니네' 하는 눈빛으로 또 웃었다.

"음, 둘 다 맞아요. 악어를 크로커다일 또는 엘리게이터라고 부른답니다."

그 소리에 아이들도 와하하, 큰 소리로 웃으며 잘난 척 나대는 민수를 깔보기 시작했다. 한 아이가 손가락으로 민수를 가리키자 나머지 아이들도 도미노처럼 민수에게 삿대질을 해 댔다. 유치하기 짝이 없는 유치원 녀석들이라니. 그날 그 순간, 진달래반에서 민수를 놀리지 않은 건 오직 나뿐이었다.

그러자 얼굴이 붉으락푸르락해진 민수가 앉은 상태에서 발꿈치로 바닥을 쿵 쿵 쿵 굴렀다. 자신의 말에 귀 기울여 주기는커녕 외려 공개적인 놀림거리로 만들어 버린 것에 대한 분노였으리라.

민수의 급발진에 나는 소름이 돋을 정도로 긴장했다. 직감적으로 커다란 균열 같은 걸 느꼈기 때문이었다.

"크로커다일 아냐, 엘리게이터야. 입이 둥글고 이빨이 안 보이잖아. 주둥이가 뾰족하고 이빨이 보여야 크로커다일이라고. 선생님, 바보 멍청이!"

진달래반 선생님의 얼굴이 그야말로 진달래보다 더 새빨개졌다. 나는 점점 더 무서워졌다. 바로 옆자리의 민수가 내는 쿵 쿵 쿵 소리가 바닥이 아니라 내 심장에서 울리는 것처럼 느껴질 만큼. 이마를 짚어 보니 송글송글 식은땀이 맺혀 있었다. "그만해! 하지 마!"라고 외치고 싶었지만, 말이 나와 줄 리 없었다. 손가락으로 귀를 틀어막아 보았지만, 쿵 쿵 쿵 소리는 더욱 또렷하게 들렸다.

당황한 선생님은 노트북을 열어 크로커다일과 엘리게이터에 대해 검색하느라 고개를 수그리고 있었고, 아이들은 성난 코뿔소처럼 씩씩거리는 민수를 피해 슬금슬금 자리를 옮기기 시작했다.

유일하게 민수를 놀리지 않았던 앞자리의 나만 옴짝달싹을 못한 채 떨고 있었다. 급기야 나는 내 의사와는 상관없이 오줌을 약간 지리고 말았다. 민수도 아닌 내가, 그것도 7세 진달래반에서.

너무 놀라 얼어붙어 있는데, 민수 녀석이 내 등을 밀더니 빛의 속도로 내 방석을 뒤집었다. 두툼한 겨울 방석이었다. 지금 생각해도 대단한 순발력이 아닐 수 없었다. 녀석은 자신의 외투를 벗어 허리에 둘러 주고는 "쉿!" 하며 단속까지 했다. 뒷이야기가 전혀 기억에 없는 걸 보면 오줌 지린 걸 들키지 않고 무사히 넘어가지 않았나 싶다.

다음 날부터 민수는 내 뒤를 졸졸 따라다녔다. 나 혼자만 자신을 놀리지 않았는데 외려 자신 때문에 오줌을 지린 나한테 진심으로 미안해서였는지, 아니면 나약하기 그지없는 내가 못내 불쌍해서 그랬는지는 모르겠지만 말이다.

초등학생 때도 나는 공부 잘하는 민수 덕을 톡톡히 보았다. 욱하는 성질도 여전해 민수에게 정면으로 시비를 걸어오는, 겁대가리를 상실한 초딩은 없었다.

불행하게도 중학교가 서로 갈렸다. 나는 노고산 중학교, 민수는 창천 중학교로. 대신 중학교 입학식 날, 삼촌이 학교로 찾아와 담임 선생님께 내 상태를 설명해 주었다. 그것도 귀에서 피가 날 정도로 자세히, 그리고 오래.

불행 중 다행이랄까. 초등학교가 아닌 중학교에서는 말수가 극도로 적다는 게 도움이 됐다. 선생님들은 대부분 나를 착한 애로 봤다. 선생님 말씀에 딴지를 거는 일도, 또래 녀석들처럼 소리를 고래고래 지르며 복도를 뛰어다니는 일도 없으니 우선은 그렇게 보였겠지. 눈에 띄지 않으니 혼날 일도 거의 없고.

문제는 동급생 녀석들이었다. 남녀를 불문하고 각 반의 빅 마우스들은 학기 초마다 난감한 질문을 쏘아 댄다. 그중 1위는 "너, 나 싫어하냐?" 2위는 "아 씨, 내가 우습냐?"다. 그럴 때마다 나는 유튜브에서 배운 영어 관용구처럼 순식간에 '어 피쉬 아웃 오브 워터'가 돼 버린다. 꺼벙한 녀석들 같으니라고, 딱 보면 모르겠냐. 나는 누군가를 싫어하거나 우습게 볼만한 여력조차 없다고.

젠장, 얘기하다 보니 또 기분이 까매진다. 스스로를 이렇게까지 꼼꼼하게 분석하며 사는 불행한 중3은 아마 없을 거다. 적어도 이 노고산 중학교엔.

엄마가 끓여 준 마지막 라면

삼촌 말에 따르면 딱 한 번 기적 같은 순간이 있었다고 했다. 나는 기억이 안 나지만. 삼촌은 그때 그 순간 이야기를 즐겨 했다. 지치지도 않는지 매번 신바람이 나 있었다.

"여섯 살 때였나, 네가 촛불 붙인 케이크를 보더니 느닷없이 영어로 뭐라 뭐라 하더라. 시키지도 않았는데 박수까지 치면서. 다들 우리 이서, 드디어 입 터졌네, 하고 덩실덩실 어깨춤까지 췄는데. 그때 한 소리가 뭐였는 줄 아나?"

여러 번 들어 이미 답을 알고 있었지만 나는 '글쎄……' 하는 표정으로 가만히 있었다. 미안한 말이지만, 아무리 식구라도 빠른 티키타카는 여전히 난제다. 물론 삼촌의 흥을 깨고 싶지 않은 마음도 있었고. 삼촌은 상대방의 대답을 오 초도 못 기다리는 급한 성미였다. 게다가 장황하기까지. 삼촌의 친한 친구는 삼촌더러 설명충 새끼라며 욕도 했다.

표현한 적은 한 번도 없지만 나는 그런 삼촌이 편했다. 내가 짧은 답이라도 해 주기를 목을 빼고 기다리는 사람들은 대단히 성가셨으니까.

"콩그레츄, 콩그레츄였어. 어찌나 감격스럽던지. 에휴, 근데 그때뿐이더라. 그 뒤로 다시 입에 거미줄을 쳤다니까. 이서 네가 '할머니!' 하고 부르면 할머니가 한숨을 푹 쉬면서 그랬거든. '밥이냐, 똥이냐.' 배고플 때랑 화장실 가고 싶을 때 빼곤 대화는커녕 할머니를 부르는 일도 거의 없었으니 말 다 했지, 뭐. 그러니 내 생일 축하 멘트를 어떻게 잊을 수가 있겠어. 어화둥둥 내 조카."

우락부락한 외모 때문에 노고산동 마동석이라고 불리는 삼촌이 흡사 부채처럼 넓적한 손으로 내 머리를 헝클어뜨렸다. 정말이지 덩치는 산만 한데, 하는 행동은 산만하기 그지없다.

"아, 쫌!"

삼촌을 좋아했지만, 어린애 취급하는 건 질색이었다. 아직도 내가 콩그레츄, 콩그레츄 하던 꼬마인 줄 아시나. 벌써 중3인데.

중3이 된 지금도 나는 도이서라는 이름 석 자보다 선택적 함구증 병신으로 통한다. 도이서 하면 이구동성으로 "아, 입에 거미줄 친 병신?" "선택적 함구인지 방구인지 그렇다는데?" "그래도 출석 부르면 '예' 하고 대답은 해. 쥐똥만 한 목소리로." "민수라고 있거든. 욕 잘하고 성질 개더러운 똑똑이. 나도 좀 아는 놈인데, 그 새끼하고는 종종 웃고 떠들고 한다더라. 유치원 동기라나 뭐라나."그러니까 선택적이지.""기분 나빠. 제까짓 게 뭔데 선택을 하고 지랄이람."이러면서 불쾌해했다.

애니웨이, 너희들도 이건 제대로 알지? 슬픔이나 고통을 느끼는 것까지 선택적일 순 없다는 걸 말이야. 소요 시간이 오래 걸리거나 연습이 필요한 것도 아니지. 그런 건 뇌와 가슴이 직렬로 연결된 것처럼 곧바로 오니까. 다만, 뭐라 말로 설명할 방법이 없을 뿐!

성적은 중상위권이었지만, 여전히 말수가 극도로 적은 나를 두고 좀 더 기다려야 하나, 아니면 빚을 내서라도 유학파 전문가를 찾아가야 하나, 고민을 거듭할 즈음 엄마가 덜컥 병에 걸려 버렸다. 초등학교 3학년 때의 일이었다. 한쪽 가슴을 잘라낸 후 엄마의 머리카락이 제자리를 잡기 시작했을 즈음 오른쪽 가슴에도 암이 생겼다.

그렇게 우리 집은 내 문제를 까맣게 잊어 갔다. 아니, 나까지 염두에 둘 만큼 여유가 없었다는 게 더 정확한 말일 것이다.

결국, 엄마는 돌아가셨다. 내겐 라면 한 그릇의 추억만을 남긴 채. 나는 찢어진 것처럼 너덜너덜해진 마음을 제대로 드러내 보지도 못하고 엄마의 사십구재를 맞았다. 그런데 이젠 아빠까지 멀리 사라져 버린 것이다. 그것도 저 멀리 아프리카로. 그러니 이 지구상에 나처럼 불행한 중3이 또 어디 있겠는가.

하긴 엄마가 유방암에 걸려 아프지만 않았어도 엄마와 아빠는 진작에 아프리카로 날아갔을 것이다. 방사선 치료를 받느라 구토와 수혈을 반복하면서도 엄마는 아프리카에서 고통받는 아이들을 더 걱정했다.

엄마의 죽음 이후 아빠는 그야말로 기억 일부가 고장 난 사람처럼 굴었다. 남아 있는 기억이라곤 엄마와의 추억뿐인 듯이 말이다. 가엾은 중3 아들 도이서가 같은 공간에 존재한다는 것도 완전히 잊어버린 것처럼 보였다. 그렇지 않고서야 어떻게 엄마를 잃고 수면장애에 시달리며 새벽까지 라면 유튜브만 반복 시청하는 아들한테 눈길 한번 주지 않을 수 있단 말인가.

"아빠, 저녁은?" 하고 어렵사리 용기를 내서 물으면, 아빠는 "라면 끓여 먹어. 아빠는 입맛이 없어서" 하기 일쑤였다. 나는 몸에 수분이 다 빠져나간 것처럼 축 처진 아빠가 하도 걱정돼서 애써 말을 붙여 본 건데. 영혼이라고는 하나도 없는 무기력한 대꾸에 나는 또 한 번 상처를 받았다. 빙하가 갈라져서 생긴 크레바스처럼 말이다.

'씨, 괜히 물어봤어. 차라리 가만히 있을걸.'

삼촌은 "라면이야말로 사람이 만든 최고의 발명품인 건 인정. 하지만 한창 클 나이에 매일 저녁으로 라면을 먹는 건 좀 아닌 것 같다"며, 드물긴 해도 일찍 퇴근하는 날엔 팔을 걷어붙인 채 정체불명의 찌개라도 끓여주는데, 정작 아빠라는 사람은 자기 슬픔에 빠져 불쌍한 아들은 라면탕을 먹는지 라볶이를 먹는지 관심도 없었다.

"삼촌, 만약 할머니가 돌아가셨다 쳐. 그럼 삼촌은 기분이 어떨 것 같아?"

그 말에 삼촌은 적잖이 충격을 받은 것 같았다. 아빠가 워낙 시들시들 말라가니 황 여사도 삼촌도 아빠를 걱정하느라 바빴다. 상대적으로 나는 투덜대지도 않고(말을 안 하니 투덜거릴 일도 없었지만), 잘 울지도 않고 끼니도 학교 급식으로 먹다 보니, 자연스레 걱정 리스트에서 '일단 드롭'됐는데 이렇게 훅 치고 들어올 줄은 몰랐겠지. 나로선 정말 오랫동안 준비한 말이었다.

"그게, 그러니까…… 알다시피 우리 엄마, 아니 황 여사는 아직 팔팔해서……."

덩치에 안 맞게 삼촌이 버벅거렸다. 할머니가 다니는 금산의 작은 사찰에서 엄마의 사십구재를 지낸 뒤 나란히 산 중턱을 걸어 내려오던 길이었다. 할머니는 부서져 가루가 될 것 같은 아빠를 부축하느라 한참 뒤에서 식은땀을 흘리며 따라오고 있었다.

"내 입으로 직접 말하면 좋겠지만, 그건 도, 도저히 아, 안 될 것 같아. 자!"

나는 종이 한 장을 삼촌 코앞에 바싹 들이밀었다. 카톡이나 이메일도 생각해 봤지만, 어떤 식으로든 물증을 남기는 건 싫었다. 둘 중 뭐가 됐든 상대방이 읽는 순간 돌이킬 수 없게 된다.

─할머니가 그러는데 사람이 죽고 49일이 되면 영혼이 빠져나가 좋은 곳에서 다시 태어난대. 오늘이 바로 그날이라고. 홀가분하게 떠날 수 있게 빌어 줘야 한다고. 혼자 라면 먹을 때마다 엄마가 내 옆에 있다고 믿었어. 근데 이젠 그러면 안 될 것 같아. 호스피스 병동 가던 날 말이야…… 엄마가 '계란떡만두햄치즈김치라면'까지 끓여줬는데, 난 인사 한마디 못했거든. 근데 내가 좋은 데도 못 가게 계속 징징거리면 안 되잖아.

나는 무엇보다 '계란떡만두햄치즈김치라면'을 제대로, 리드미컬하게 적기 위해 애를 썼다. 큰따옴표를 할까, 작은따옴표가 나을까. 중간에 한 번 끊어 줄까, 볼드로 할까. 그만큼 내겐 소중한 단어였다. 엄마가 내게 남긴 유품처럼.

마지막으로 임종을 앞둔 말기 암 환자들을 위한 호스피스 병동에 입원하기 전, 엄마는 아픈 몸을 이끌고 기어이 부엌으로 가 라면을 끓이기 시작했다. 끓는 물에 살짝 데쳐 기름기를 제거한 면에 달걀 푼 국물을 붓고 다시 물에 불린 떡이랑 채 친 햄을 넣어 팔팔 끓인 뒤 손잡이가 달린 큰 볼에 담았다. 그러고는 고명으로 에어프라이어에 돌린 만두, 쫑쫑 잘게 썬 김치, 네모난 슬라이스 모차렐라 치즈 한 장을 예쁘게 얹어 주었다.

그야말로 냉장고를 탈탈 털어 만든 계란떡만두햄치즈김치라면이었다. 엄마는 자신이 할 수 있는 한, 라면 한 그릇에 이 세상 모든 것을 다 담아 줄 기세였다.

"끝?"

삼촌의 눈이 여러 번 오르락내리락하는 것을 지켜본 뒤 내가 물었다. 삼촌은 동상처럼 서서 고개만 끄덕였다. 나는 삼촌의 얼굴 앞에 프롬프트처럼 들고 있던 종이를 휙 소리가 나도록 내렸다. 그런 다음 반으로 접어 찢었다.

"도이서……."

삼촌은 말을 잇지 못한 채 내 이름만 되뇌었다.

"아빠 다시 아프리카로 간대. 그러니까 이제부턴 야근하지 말고 일찍 와서 매일 저녁 좀 차려 주라. 제발."

이 부탁만큼은 육성으로 들려주고 싶었다. 그래서 며칠 동안 수십 번 연습했는데 마치 앵무새가 지껄이는 듯 건조하고 감동도 전혀 느껴지지 않았다.

절망한 나는 노고산동 마동석을 뒤로한 채 후다닥 뛰어 내려갔다. 삼촌이 어떤 표정을 짓고 있을지 안 봐도 이미 본 것처럼 눈앞에 그려졌다. 그렇게 오래 써서 준비한 것인데도 막상 내뱉고 나니 허무하기 짝이 없었다.

'말수가 아니라 말재주 없는 게 더 최악일 수도.'

삼촌이 내 말뜻을 제대로 이해하지 못했을까 봐 두려웠다. 매일 저녁 밥상을 차리라는 건 선전포고가 아니라 삼촌과 함께 저녁을 먹고 싶다는 내 간절한 소망인데…….

아빠가 멀리 떠난 마당에 삼촌까지 늦게 오면 홀로 외로이 라면을 끓여 먹겠지. 그러다 결국 슬픔을 참지 못하고 속으로 "엄마, 엄마, 내 옆에 있는 거죠?" 하고 울먹거리며 떠나려는 엄마의 발목을 부여잡을 것만 같았다. 사랑한다는 말은커녕 인사조차 못 하고 쓸쓸히 떠나보낸 엄마인데, 몇 년 동안 내내 아프다가 이제야 겨우 행복한 하늘나라로 갈 기회를 얻은 엄마인데, 내 얄팍한 이기심 때문에 다시 주저앉힐 수는 없지 않은가.

아빠는 가고 도이시 미켈란이 왔다

일주일에 한두 번 겨우 정신을 차린 듯한 아빠는 서재에 앉아 몇 시간씩 이메일을 읽거나 답장을 썼다. 아빠가 외출한 틈을 타 살펴보니 상대방의 이름은 'Doish Mickelan'이었다. 바탕화면 쓰레기통에 두 줄 정도 쓰다 만 이메일 초안이 남아 있었다.

'도이시? 뭐야, 나랑 이름이 거의 비슷하잖아!'

그때 짐작했어야 했다. 아빠가 아크라로 떠날 준비를 하고 있다는 걸. 아빠는 엄마의 사십구재 사흘 전, 노크도 없이 내 방으로 들어왔다. 아빠가 쓰러지기라도 할까 봐 늘 방문을 열어 놓고 있었으니 노크를 할 수도 없었겠지만.

"도이서."

침대 위에 누워 라면 유튜브를 보고 있던 나는 대답 대신 휴대폰을 내려놓고 앉았다. 아빠는 한동안 말없이 나를 쳐다보더니 슬로 모션으로 흐느적흐느적 침대 쪽으로 걸어왔다. 다섯 걸음이 채 안 되는 거리인데 내겐 무척 길게 느껴졌다.

아빠는 두 손바닥으로 까칠한 양 볼을 문질러 손세수를 했다. 아빠의 버릇이었다. 그러더니 손을 내밀어 뜬금없이 악수를 청했다. 나 원 참, 이 와중에 악수라니!

"아들, 악수 한번 하자. 아빠 다음 주에 아프리카로 가거든. 미안하단 말은 못 하겠어. 염치가 없어서. 걱정도 넣어 둘게. 이서 넌 엄마 판박이라 씩씩하니까. 삼촌도 있고. 근데 난, 네 얼굴 보는 것조차 너무 힘들어……."

나는 삼십 초 정도 뜸을 들인 후 아빠가 내민 거친 손을 겨우 잡았다. 아빠의 눈물이 소나기처럼 뚝뚝 손등 위로 떨어졌다.

무슨 생각으로 그토록 우스꽝스러운 악수 퍼포먼스에 동조했을까. 명확하게 설명할 순 없지만 한 가지 확실한 건 수프 없는 라면 봉지를 연 것처럼 황망했다가 어이없다가 급기야는 지독하게 화가 났다는 것이다.

시중에 파는 라면에 수프가 없을 리 없지만, 우리 집에선 종종 있는 일이었다. 범인은 삼촌이었다. 부대찌개나 김치찌개를 끓일 때 몰래 라면 수프를 뿌려 작위적인 맛을 내는 노고산동 마동석 말이다. 그렇게 라면 수프만 홀랑 꺼낸 뒤 입구를 테이프로 잘도 붙여 놓았다.

싱크대 서랍에 유일하게 남은 라면이 입구를 테이프로 붙여 놓은 거라고 생각해 보라. 면과 건더기만 있고 수프가 통째로 빠졌다면 기분이 어떻겠는가. 내 손을 부여잡고 자기 할 말만 하고 돌아간 아빠의 등짝을 보는 기분이 딱 그랬다.

"라면 허기는 말이죠, 라면 말고는 그 무엇으로도 채울 수 없죠."

라면 유튜버 '사노라면'의 명언이 예사롭지 않게 들리는 밤이었다.

그렇게 아빠는 떠났고, 삼촌은 매일 저녁 밥상을 차렸다. 금산 할머니는 한 달에 한두 차례 시골에서 올라와 얼린 국이며 반찬이며 간식거리를 냉장고에 꽉꽉 채워 두었다.

아이러니하게도 아빠가 떠나고 나서야 나는 비로소 편안한 저녁을 먹을 수 있었다. 삼촌은 내게 대화를 강요하는 대신, 생선 살을 발라 숟가락 위에 얹어 주거나 라면 수프를 넣은 김치찌개에 밥을 비벼 밥그릇에 덜어 주었다.

아빠가 떠난 지 한 달 보름쯤 흘렀을까. 골목 어귀 라일락꽃이 보랏빛 향기를 흩뿌리던 4월의 어느 날, 아빠로부터 편지 한 통이 도착했다. 가나의 명물인 독립문이 흐릿하게 인쇄된 푸르딩딩한 편지지였다.

"도규현 이 인간! 전화, 카톡 다 놔두고 웬 편지?"

삼촌이 마동석 이미지와 어울리지 않는 매우 소심한 말투로 툴툴댔다. 편지가 불만인 건지, 뜯어말려도 듣지 않고 인도양 너머로 자취를 감춰 버린 형에 대한 원망인 건지 알 수 없었다.

"뭐야, 대체 뭐라는 거야? 누, 누가 온다고? 도이시 미켈란? 도이서, 냉큼 이리 좀 와 봐. 도이시 뭐라는데 혹시 너 아는 애냐?"

도이시 미켈란? 언젠가 PC 바탕화면 쓰레기통에서 본, 그러니까 'To.' 다음 칸에 단정한 영어로 쓰여 있던 바로 그 낯선 이름이다.

"도이시 미켈란⋯⋯."

전에도 몇 번씩 속으로 되뇌어 본 익숙한 이름이어서인지 도이시 미켈란, 여섯 글자가 바로 소리로 나왔다.

삼촌이 내려놓은 편지지 두 번째 장에는 두 장의 사진이 붙어 있었다. 한 장은 스무 살 초반으로 보이는 도이시가 구호단체 조끼를 입은 아빠와 찍은 투샷이었고, 나머지 한 장은 풀풀 날리는 머리를 양 갈래로 꼭꼭 땋아 내린 어린이 도이시가 반달눈을 한 채 활짝 웃고 있는 세 살의 나를 번쩍 안아 든 사진이었다.

"너랑 찍은 사진 맞지? 그치?"

삼촌이 재우쳐 물었지만 나는 그 어떤 대답도 할 수가 없었다. 너무 어릴 때라 기억도 안 났지만, 소름이 돋을 만큼 활짝 웃고 있는 내 모습이 너무 낯설어서였다. 사진만으로도 도이시와 도이서는 사이가 매우 좋아 보였다.

"이름만 보면 완전 남매인 줄. 형이랑 형수가 연애할 때부터 후원한 친구래. 지금은 대학생이고. 얘 따라서 네 이름도 도이서라고 지었다는데 이거 실화 맞냐."

"그래서?"

"그래서? 그래서라……. 아, 맞다. 도이시가 곧 한국에 온대. 마포구 노고산동 우리 집으로."

이건 정말 수프 없는 라면보다 더 황당한 소식이다.

삼촌은 나보다 더 정신이 없어 보였다. 대체 이 집 남자들은 왜 이렇게 어수선한 거야. 슬퍼도 내가 더 슬프고 황당해도 내가 더 황당할 거란 생각은 못 하는 거야? 그런 내 마음을 아는지 모르는지 삼촌은 금산 할머니에게 전화를 거느라 바빴다.

"엄마, 엄마. 엄마 큰아들 때문에 정말 미치겠다. 아프리카 가서 내내 꿩 구워 먹은 소식이더니 이서 누나를 보낸대. 그래, 이서 누나. 아프리카 가나 대학생. 서재로 쓰던 방 내주라는데……. 거야, 나도 모르지. 전화도 없이 달랑 편지 한 장 왔다니까. 사진까지 떡 붙여서. 무슨 이복 누나야. 형이랑 형수가 어려서부터 후원하던 애라는데. 제발 막장 드라마 좀 그만 봐. 형이 뭐 외국 여자랑 바람피울 주제나 되우. 돈 벌러 오냐고? 그게 아니라, 자매결연 맺은 이화여대 교환학생으로. 엄마, 아프리카 애라고 함부로 무시하면 안 돼. 편견을 버려요. 엥? 그럼 어떡해? 형이 방 내주라고 했다니까. 돈은 무슨, 그냥 내주라고 써 있슈. 이서 아기 때 맨날 업어 주고 돌봐 주던 착한 애라고 칭찬이 늘어지는구먼. 잘 보살펴 달라는 게 아니라 반드시 그래야만 한다고 아주 엄포를 놨다니까요."

굳이 편지를 안 봐도 될 만큼 삼촌의 통화 내용은 구체적이었다. 정말 구구절절이다, 우리 삼촌은. 저러니 나이 마흔이 다 되도록 여자친구 그림자 하나 없지. 당구장을 운영하는 삼촌의 절친 종희 아저씨도 삼촌만 보면 속이 썩어 문드러진다며 "차라리 머리 깎고 절로 들어가든가!" 하고 소리를 질렀다.

그나저나 아빠는 대체 무슨 생각인 걸까. 아프리카 흑인 여대생이 한 지붕 아래 산다는 건 상상조차 해 본 적이 없는 그림인데.

물론 신촌 노고산동에서 외국인을 만나는 일은 정말 대수롭지 않은 일 중의 하나다. 나와 삼촌이 사는 이 낡은 5층짜리 빌라 건너편만 해도 고대 운동 교육기관인 '힘의 집'이 있어 이란, 터키, 파키스탄 출신 대학생들이 수시로 드나든다. 취재차 유재석이 온 적도 있었다. 물론 학교에 가느라 구경은 못 했지만.

주변으로 유명 사립대학교가 세 개나 모여 있는 신촌 노고산동은 그런 동네였다. 백인, 흑인, 동양인, 아랍인 등 전 세계 대학생들이 오글오글 모여 사는. 삼촌은 역세권이라고는 하지만, 가파르고 좁다란 산동네라 상대적으로 집값이 싼 탓이라고 설명해 주었다.

그렇지만 하숙생도 아니고 세입자도 아니고 누나라니, 잘 보살펴 줘야만 한다니! 아까 할머니의 목소리가 밖으로 새어 나오지는 않았지만, 금산 할머니 황 여사라면 분명 이렇게 외쳤을 것이다. 이게 무슨 오밤중에 귀신 씻나락 까먹는 소리냐.

게다가 다문화 동네라 불릴 만큼 외국인이 많은 노고산동에서도 아프리카계 흑인 여대생은 흔히 볼 수 없는 부류였다. 다시 말해 눈에 확 띄는 존재랄까. 중3 남학생이라면 알 것이다. 눈에 띈다는 게 어떤 의미인지. 그건 거의 '축 사망'을 의미했다.

"너라도 옆에 있어야 덜 어색할 거 아냐."

삼촌은 용돈 3만 원을 찔러주며 공항에 같이 가자고 했다. 3만 원이면 떡만두라면 다섯 그릇은 사 먹을 수 있으니 썩 괜찮은 조건이었다. 하지만 시계추처럼 오락가락하는 두 가지 감정 때문에 나는 쉽게 결정을 내리지 못했다.

첫째, 쪽팔리지만 도저히 떨쳐 버릴 수 없는 걱정거리였다. 도이쉬인지 도이시인지를 데리고 들어오다가 행여 우리 학교 누군가한테 들키기라도 한다면, 그 순간 나는 노고산 중학교 3학년의 '탐스러운 먹잇감 1순위'가 될 것이었다.

두 번째 감정은 호기심이었다. 기억은 안 나지만 아빠가 편지에 쓴 것처럼 나를 거의 업어 키우다시피 했다는 도이시가 계속 머릿속에서 맴돌았다. 게다가 그녀는 돌아가신 엄마가 십오 년 넘게 진짜 내 누나처럼 후원한 특별한 사람이 아니던가.

결국, 나는 궁금함을 참지 못하고 삼촌을 따라나섰다. 삼촌은 "도규현, 만나기만 해봐라. 아주 머리털을 다 뽑아 줄 테다" 하면서도 연신 "나이스 투 미 츄"를 연습했다.

도이시는 상대적으로 저렴한 비행기를 타고 거의 하루 반나절이나 걸려 인천공항에 도착했다. 도이시 미켈란을 영어로 쓴 피켓을 들고 초조하게 서 있던 삼촌이 소변을 참지 못하고 화장실로 달려간 사이, 그녀가 내게로 걸어왔다. 피켓을 들고 있지 않았는데도 그녀는 단박에 나를 알아보았다.

"도이서, 도이서. 안녕!"

부리부리한 쌍꺼풀에 뭉툭한 코, 도톰한 입술을 지닌 날렵한 체구의 여대생이었다. 헤어스타일은 바짝 땋아 내린 아프리카 특유의 레게머리를 상상했는데, 풀풀 날리는 심한 곱슬머리를 바싹 당겨 하나로 묶은 형태였다. 그러나 피부색은 예상대로 까맸다. 어색하게 웃을 때 드러난 이가 하얗다 못해 눈처럼 반짝거린다고 느꼈을 만큼.

내가 한 발을 뒤로 뺀 채 온몸으로 낯섦에 대한 거부감을 발산하려는데, 때마침 거구의 삼촌이 팔을 휘저으며 우리 쪽으로 달려왔다. 나는 속으로 안도의 한숨을 내쉬었다.

"아, 나이스 투 미 츄. 나는 그러니까 아임 삼촌, 도수현."

삼촌이 도이시의 커다란 짐가방을 낚아채며 횡설수설했다.

그제야 도이시도 활짝 웃었다.

"네, 아라요, 삼춘. 캄사합니다. 나는 도이시입니다. 너는 삼춘입니다."

"한국말 곧잘 하네! 코리안 스피킹 웰, 도이시! 굿, 베리 굿!"

삼촌은 도이시의 삼춘 소리에 감격한 듯 연신 엄지척을 날렸다.

"앤드 너는 내 동생 도이서입니다."

삼촌 덕분에 용기를 충전한 도이시가 갑자기 나를 얼싸안는 바람에 나는 그대로 얼음이 되어 버렸다. 솔직히 흑인 특유의 체취가 심하게 나면 어쩌나 긴장했는데, 다행히 기분 좋을 만큼 달콤한 바닐라 향 향수 냄새가 풍겼다. 동시에 나한테 마늘 냄새나 라면 냄새가 날까 봐 걱정이 됐다.

트렁크에 짐을 싣고 뒷좌석에 올라탄 도이시 미켈란은 삼촌에게 낡은 잉크젯 프린터기로 출력한 A4 용지 한 장을 건네주었다. 한국말이 서툰 그녀가 자신에 대한 정보를 한글로 적은 것이었다. 포털 번역기를 통해 영어를 한글로 번역한 것 같았다.

① 나는 도이시 미켈란입니다. 나이는 스물세 살이고, 생일은 11월 15일입니다.

② 내 고향은 가나 아크라입니다. 도아빠 모엄마가 버려진 저를 일곱 살 때부터 후원해 주셨습니다. 그때 내 동생 도이서가 태어났습니다. 제가 도이서를 많이 업어 주었습니다. 우린 잘 놀았습니다.

③ 도아빠 모엄마 그리고 여러 기관의 도움에 힘입어 저는 가나대학교에 입학하였습니다. 그리고 교환학생으로 12월까지 이화여대에 다니게 되었습니다. 엄마, 아빠의 고국에 오게 돼 감개무량합니다.

④ 모엄마의 장례식에 참석하지 못해 가슴이 너무 아픕니다. 처음 만났을 때 제게 라면을 끓여 주셨습니다. 매우 맛있었습니다. 제발, 모엄마의 묘지에 데려다주십시오.

⑤ 저는 도이서 동생이 너무 많이 보고 싶었습니다. 아크라에서 동생 꿈

을 많이 꾸었습니다. 도이서 동생의 영어 공부는 이제 제 몫입니다.

⑥ 펜팔로 만난 캄보디아 친구 '쏙'이 이 동네에 산다고 합니다. 쏙은 금요일이라는 뜻입니다. 쏙은 당구를 잘 칩니다. 쏙이 때때로 우리 집에 놀러 와도 용서해 주십시오. 이 편지를 쓸 때 쏙이 많이 도와주었습니다. 쏙은 한국말을 매우 잘합니다. 저는 앞으로 한국말을 아주 열심히 배울 것입니다.

⑦ 저는 피키(picky)가 아닙니다. 매운 것도 잘 먹습니다. 특히, 한국 라면을 매우 좋아합니다.

⑧ 살게 해 주셔서 대단히 감사합니다. 저는 청소와 빨래를 잘합니다. 제가 하게 해 주십시오.

⑨ 저는 월세를 냅니다. 도아빠는 프리라고 했습니다. 그러나 저는 은혜를 갚는 착한 사람입니다.

⑩ 저의 종교는 천주교입니다. 저는 종교가 모엄마와 똑같습니다. 저의 세례명은 엘리사벳입니다.

⑪ 저는 도엉클과 도이서 군께 신세를 많이 지게 되었습니다. 저는 미안합니다. 잘 부탁드립니다.

⑫ 한국은 처음입니다. 그러나 가족이 있어서 전혀 무섭지 않습니다. 사랑합니다.

어쩐지 도이시 미켈란은 나보다 훨씬 더 글재주가 있어 보였다. 내 의도와는 상관없이 마음 한켠이 시큰했다. 삼촌도 한동안 아무

말 없이 A4 용지만 들여다보았다. '뭐지? 왜 아무 말도 안 하는 거지?' 하는 순간 삼촌이 홀딱 깨는 소리를 했다, 그것도 어설픈 영어로.

"오, 네버 돈트 비 쏴리, 웰컴 어게인, 아이 러브 유 투!"

도이시 미켈란은 무슨 소린지 알겠다는 듯 고개를 끄덕이며 미소를 지었다. 삼촌은 휘파람을 불며 차 시동을 걸었다.

"자, 그럼 갑니다. 레쓰 고 고잉 홈! 도이시 미켈란, 유 룩 베리 타이어드. 플리즈 슬립, 슬립!"

공항에 오기 전까지만 해도 아빠의 머리털을 다 뽑아 놓겠다는 둥 난리를 치더니, 편지 한 장에 무장해제가 됐는지 되지도 않는 영어가 차 안에서 막춤을 췄다.

도이시 미켈란은 정말 피곤했는지 금방 곯아떨어졌다. 그 모습을 본 삼촌이 조용히 말했다.

"잠들었네. 다행이다. 일 년 치 영어를 몽땅 다 쓴 것 같아. 에휴, 영어 좀 진작 배워 둘걸. 우리 집이 이렇게 글로벌해질 줄은 정말 몰랐지 뭐냐."

삼촌이 없었다면, 만약 삼촌 없이 나와 도이시 미켈란 단둘이 있었다면 하루가 지나고 일주일이 흘러도 집 안은 절간처럼, 아니 절간보다 더 조용했을 것이다. 친화력이 대단한 삼촌은 첫날부터 도이시 미켈란과 친해져 영어 반, 한국말 반으로 많은 이야기를 주고받았다. 어림잡아 십 년 치 영어는 다 쓴 것 같았다. 내겐 그걸 지켜보는 재미가 제법 쏠쏠했다.

도이시 미켈란도 내가 말하는 데 취미가 없다는 걸 아는지 일부러 말을 걸기 위해 애쓰지 않았다. 마주치면 하얀 이를 드러내며 웃어 주거나 수신호를 보내는 정도였다. 그러다 사흘째 되던 날 아침, 학교에 가려고 운동화를 꿰어 신는데 노란색 포스트잇을 내 손바닥에 척 하고 붙이더니 놀랄 만큼 정확한 발음으로 이렇게 말하는 게 아닌가.

"도이서 동생, 길 조심, 차 조심 하십시오."

잔뜩 흘려 쓴 게 언뜻 한글인지 영어인지 구분이 잘 안 되는 걸 보니 도이시 미켈란의 글씨가 분명했다.

'어제 삼촌이랑 둘이서 뭔가 작당 모의를 하는 것 같더니 바로 이거였군.'

그 모습을 상상하자니 나도 모르게 실소가 터졌다. 어처구니가 없어서 의도치 않게 툭 터진 웃음인데도 도이시 미켈란은 좋아라 하며 손까지 흔들어 주었다.

다음 날에도 도이시 미켈란은 현관 앞에서 내가 운동화를 다 신을 때까지 기다렸다가 포스트잇을 붙여 주었다. 그러고는 마치 노래 한 소절을 부르듯 도이서 동생으로 시작하는 한 줄 문장을 천천히 들려주었다. 포스트잇에는 뵙겠습니다, 라고 써져 있었지만, 실제 발음은 뵈고겠습니다, 뭐 그쯤으로 들렸다.

"도이서 동생, 오늘부터 저는 어학당에 갑니다. 저녁에 뵙겠습니다."

그다음 날에도 그녀는 포스트잇에 적힌 대로 인사를 건넸다.

"도이서 동생, 공부 열심히 하십시오. 파이팅."

"도이서 동생, 우산을 반드시 가져가셔야 합니다."

예상외로 그 세리머니가 오래 지속되자 나는 복잡한 심정이 되었다. 그 이유는 첫째, 하루 이틀 하다가 슬그머니 그만둘 줄 알았다. 그런데 벌써 열흘째 저러고 있다. 내가 도이시 미켈란을 너무 쉽게 본 것이다. 둘째, 끝까지 무반응으로 일관하려고 했는데 나도 모르게 오늘은 어떤 내용의 인사말로 나를 배웅해 줄지 기대감이 생겼다. 가장 나쁜 상황이다. 쳇, 그래 봤자 연말이면 아빠처럼 아크라로 돌아갈 텐데 이런 식으로 사람 마음을 흔드는 건 아니라고 본다.

이런 걱정도 있다. 엉겁결에 둘이 집 근처라도 돌아다니다가 같은 반 짓궂은 녀석들 눈에 노출되고야 마는 그런 불상사 말이다.

애니웨이, 삼촌에 따르면 도이시 미켈란은 오자마자 한국어학당에 아프리카 식당 아르바이트까지 하느라 하루 24시간이 모자랄 정도라고 했다. 그 덕에 한국말이 하루가 다르게 늘고 있다며 감탄을 쏟아 냈다. 그건 더할 나위 없이 솔직하고 진심 어린 칭찬이었다. 진부하고 틀에 박히고 영혼 없는 감탄이었다면 이 도이서가 모를 리 없다.

"참 대단한 아이야. 엄마한테 내가 무시하지 말라고는 했지만, 나도 처음엔 못 사는 나라에서 온 피후원자 정도로만 여겼거든. 근데 대학도 가고 교환학생도 되고…… 기특하다 싶어서 최대한 잘 해 줘야지, 그렇게 속으로 뻐기는 마음이 컸는데, 지금은 내가 외려 매일매일 한 수 배우고 있다니까."

만만한 사람이 아니라는 건 진작에 알아챘다. 난 눈치가 빠르니까. 하루 종일 동동거리느라 도이시 미켈란은 밤 열 시가 다 되어서야 집에 돌아왔다. 그러니까 아침 배웅 시간은 그녀를 제대로 볼 수 있는 유일한 기회인 셈이었다.

삼 주째 되던 날 금요일 아침, 여느 때처럼 도이시 미켈란이 배웅을 나와 있었다. 어느 순간 내 걱정은 '오늘 아침엔 도이시 미켈란이 없으면 어쩌지?'로 바뀌어 있었다. 정말 짜증 제대로다. 손을 흔들며 현관에 서 있는 그녀를 보자 긴장으로 굳어 있던 얼굴 근육이 슬그머니 펴졌다.

그런데 그날은 포스트잇 대신 손편지를 건네주는 게 아닌가. 짧지만 강력한 단서 조항과 함께.

"도이서 동생, 지구 말고 학교에 가서 펴 보십시오."

나는 반사적으로 도이시 미켈란의 얼굴을 바라봤다. 듣고 있던 삼촌이 그새를 참지 못하고 쿵 쿵 쿵 달려와 손사래를 쳤다.

"이시야, 지구 말고가 아니라 지금 말고. 지구 노 노, 지금!"

얼씨구, 이시야란다. 이시야. 그것도 이서야를 부를 때와 같은 다정한 톤으로 말이다. 그러자 도이시 미켈란이 자신의 이마를 손바닥으로 찰싹 때렸다.

"어이쿠! 도이서 동생, 지큼 말고 학교에 가서 펴 보십시오."

그녀는 손으로 브이 자를 그으며 씩 웃었다. 표정을 보니 협박이나 경고 메시지는 아닌 게 확실했다.

'나도 참, 별 이상한 상상을 다 하네. 도이시 미켈란이 협박이나 얼럿(경고장)을 보낼 리 없잖아.'

나는 그 상황이 하도 어이가 없어서 웃음이 났다. 아침마다 시트콤 예고편을 보는 것 같은 이 소란스러움이라니……. 그러나 아직은 그 어떤 말도 하고 싶지가 않았다. 여전히 심경이 복잡했다.

다들 짐작이나 할까. 엄마는 하늘나라로, 아빠는 아프리카로 떠나보낸 뒤 어떻게든 그 상황에 익숙해지려고 내 깐엔 눈물 나게 애쓰고 있었다는 걸. 그런데 도이시 미켈란이 나타나 겨우 잔잔해지려는 내 마음속에 자꾸 조약돌을 던지고 있다. 그것도 지치지도 않고 매일 아침 이렇게.

내가 너라면, 네가 나라면

새 학기가 시작되고도 내겐 친구가 생기지 않았다. 뭐, 당연하고도 익숙한 일이었다. 민수 녀석 빼고, 묻는 말에 제대로 대꾸조차 안 하는 나와 누가 친구가 되려고 힘을 빼겠는가.

중학교는 서로 달랐지만, 민수와 나는 주기적으로 만났다. 대부분 이런 식이었다. 녀석이 부르면 나는 두말하지 않고 쪼르르 달려 나가는. 그런데 그것도 중3이 되자 드물어졌다. 학기가 시작되자마자 민수네가 도로 건너편 신축 아파트로 이사를 했기 때문이었다. 더불어 나는 일반고로, 녀석은 특목고로 갈 길이 확연하게 달라진 것도 있고.

작년까지만 해도 최소한 이삼 주에 한 번은 아지트에서 만나 멍때리기를 하거나 동네 편의점으로 달려가 같이 컵라면을 사 먹곤 했는데, 이래저래 중3이 되고부터는 그것마저 못 하게 된 것이다.

그런데 지유가 우리 반으로 전학을 왔다. 중3인데 전학을 오다니, 그것도 4월 말에. 화장실에서 반 아이들이 쑥덕거리는 소리를 듣자니 원래 윗동네 중학교에 가려고 했는데, 티오가 없어서 울며 겨자 먹기로 이곳 노고산 중학교로 온 거란다.

"안녕. 난 지유야, 김지유. 잘 부탁해" 하고 떨리는 목소리로 첫 인사를 하는 단발머리의 지유를 보고 나는 하마터면 혀를 찰 뻔했다. 우리 반에는 여학생이 열세 명인데 벌써 서너 명씩 친한 그룹이 단단하게 형성된 터라 지유가 낄 틈은 전혀 없어 보였다.

나야 뭐, 나름 이유도 충분하고 하루 이틀 일이 아니라 이골이 난 상태지만, 지유의 눈은 분명히 친구가 될 누군가를 애타게 스캔하고 있는 것 같았다. 그런데 급식도 혼자, 쉬는 시간에도 나 홀로 우두커니, 하교할 때 역시 참새 같은 아이들 뒤에서 외롭게 터벅터벅, 하루 종일 강제로 입에 거미줄을 쳐야 할 그 애의 모습을 상상하니 저절로 감정이입이 됐다.

그런데 이게 무슨 운명의 장난이란 말인가. 지유가 그만 내 짝이 된 것이다. 지유가 인사를 마치자마자 담임선생님은 뾰족한 턱 끝으로 내 쪽을 가리키며 이렇게 말했다.

"지유야, 왼쪽 창가 세 번째 줄이 도이서야. 알지? 오늘부터 네 짝이다."

'알지?'라는 건 이미 얘기가 돼 있었단 뜻이 아니고 무엇이랴. 내가 말수는 적지만 눈치는 단연 전교 1등 수준인데, 아주 희미한 행간의 의미도 그냥 넘길 리 만무다. 내 추리를 뒷받침하기라도 하듯 지유가 순순히 고개를 끄덕이며 말없이 나를 건너다보았다.

십 초 정도 흘렀을까. 한결 편안해진 얼굴을 한 그 아이가 미끄러지듯 내 옆자리로 왔다. 우리는 그렇게 짝이 되었다.

그 순간, 나는 도이시 미켈란이 떠올랐다. 근래 엄마 대신 여자 복이 터졌구나, 터졌어. 누나라는 낯선 여자에, 여자 짝꿍에. 나는 왼손을 엉거주춤 펴 손인사를 했다. 정기적으로 바뀌는 짝이었다면 그것조차 생략했을 것이나, 이 아이도 나처럼 무인도에 홀로 남겨진 로빈슨 크루소 같은 기분이겠지, 생각하니 그 정도 배려는 꼭 해야 할 것 같았다.

손인사의 힘은 실로 대단했다. 찰랑이는 단발머리를 애써 귀 뒤로 고정시키며 어떻게든 어색함을 눙치려던 지유의 얼굴이 이내 봄꽃처럼 환해졌다. 그러고는 양손으로 기쁨의 브이 자까지 해 보였다. 어디 그뿐이랴, 허락도 없이 내 노트를 가져가더니 맨 마지막 장에 이렇게 적어서 돌려주는 게 아닌가.

"쌤이 니가 짝이 될 거라고 미리 얘기해 주셨어. 진짜 말수가 적다고. 말은 주로 내가 하면 되니까 상관없어. 안 그래? 여하튼 잘 부탁해. 우선 점심 같이 먹자."

삼촌이나 민수와는 또 다른 캐릭터다. 민수는 말이 없는 편은 아니었지만, 내 앞에서만큼은 과묵했다. 가끔 터져 나오는 욕설을 주체하지 못해 혼자 부르르 떨긴 하지만. 오다가다 만나면 별말 없이 편의점으로 가 각자 좋아하는 컵라면을 고른 뒤 야외 팔걸이

의자에 앉으면 그만이었다. 라면을 후루룩 먹으면서도 각자 휴대폰 게임을 하는 일이 다반사였다. 어느 날은 삼촌이 그런 우리 둘의 모습을 사진으로 찍어 보여 주기도 했다.

"야, 이럴 거면 뭣하러 만나냐. 각자 집에서 혼자 컵라면 먹고 게임하면 되지."

정말 삼촌은 뇌세포가 얇디얇은 사람이다. 단순하기 그지없다는 뜻이다. 아무리 따로 자신의 휴대폰만 들여다보고 있어도 혼자 있을 때보다는 나았다. 듬직한 나무에 기댄 것 같은 기분이랄까. 그 묘한 안도감을 대체 어떻게 말로 설명한단 말인가.

그런데 지유는 반대였다. 말은 주로 자기가 하면 된다는 발상도 매우 참신했지만, 더 감동인 건 '우선 점심 같이 먹자'는 구절이었다. 그 누구도 나한테 먼저 점심을 같이 먹자고 제안한 사람은 없었다. 이건 정말 상상도 못 한 일이었다.

슬프게도 나는 단박에 고개를 끄덕일 수가 없었다. 점심을 같이 먹자는 제안은 내 중학교 인생을 통틀어 최초의 일이었기에 선뜻 믿어지지도 않았고, 외려 마음이 불안해졌다. 이 아이의 마음이 일시적인 거라면 난 분명 상처를 받겠지. 호기심에 하루 먹어 보고 그다음부턴 다른 아이들과 쪼르르 사라질 확률이 매우 커 보였기 때문이다. 이렇게 친화력이 좋은 아이인데 친구가 안 생길 리 없잖아. 게다가 중학교 내내 혼자였는데, 갑자기 지유랑 밥을 같이 먹는다면 아이들의 시선이 온통 나한테 쏠릴 것이었다. 입에 거미줄을 치는 게 낫지, 호기심 어린 시선에 테러를 당하는 건 최악이었다.

그런데 그때였다. 내 속마음을 헤아리기라도 한 듯 지유가 지나가는 말처럼 덧붙였다.

"내가 누구니. 급식실 미리 보고 왔어. 주황색 큰 기둥 앞에 나란히 앉으면 돼. 그럼 눈에 거의 안 띄어. 걱정 마."

용감한 데다 주도면밀하기까지. 나는 꿈인가 싶어 얼떨떨했다. 나이가 벌써 열여섯인데도 이런 일에 심장이 떨린다는 게 부끄럽고 창피했다.

지유의 말대로 주황색 기둥은 대단히 훌륭한 가림막이 되어 주었다. 나와 지유는 기둥을 마주하고 나란히 앉았다. 일부러 한 자리 건너 앉은 것도 지유의 치밀한 전략 중 하나였다. 우리는 그렇게 남의 눈에 띄지 않으면서도 서로 점심 친구가 되어 뿌듯한 급식을 즐겼다. 전에는 되도록 빨리 먹으려고 눈도 돌리지 않고 열심히 숟가락질만 해 댔지만, 그날은 지유의 속도에 맞춰 먹으려고 흘끔흘끔 그 애의 급식판을 쳐다보기까지 했다.

그다음 날도, 그다음 다음 날도 우리는 나란히 앉아 급식을 먹었다. 첫날 공약대로 말은 지유가 다 했다. 나는 간간이 고개를 끄덕이거나 후훗 웃으며 그 애의 말에 동조하기만 하면 됐다. 점심 같이 먹자며 처음에 훅 치고 들어온 것을 빼고는 제멋대로 급발진을 하는 일도, 속도를 높여 나를 추궁하는 일도 없었다. 생애 최초로 급식을 먹는 행위가 즐거워졌다.

하교 후에는 카톡으로 여러 이야기를 주고받았다. 그러나 도이시 미켈란 이야기는 하지 못했다. 너무 당황하면 한쪽 입꼬리가 올라가 썩소를 날리는 것처럼 보인다, 엄마가 돌아가시고 아빠는 아크라로 돌아갔으며 마동석을 닮은 우락부락한 삼촌이 저녁을 차려 준다는 이야기까지만 했다.

왠지 모든 것을 털어놓을 수는 없었다. 백 프로 의지했다가 차이면 더 감당할 수 없을 것만 같았기에. 나는 그 애와 점심을 먹고 카톡을 하면서도 언젠가는 그 애가 떠날지도 모른다는 상상에 괴로웠다. 그 사건이 있기 전까지는 말이다.

유치원생도 아니고 중3이나 됐으니 전처럼 떠들지 않고 조용히만 살면 롤러코스터 타는 것 같은 일은 더 이상 없을 줄 알았다. 그런데 그게 외려 독이 돼 나를 곤란하게 한 일이 발생했다. 전에도 종종 오해를 받거나 망신을 당하는 사건이 있긴 했지만, 잔인한 수준은 아니었다. 그러나 이건 정말 대단히 끔찍한 일이었다.

공부와 담쌓은 중학교 3학년 아이들이 대부분 그러하듯 그날도 만만한 선생님의 수업 시간이 되자 여기저기서 시끄러운 지방방송이 출몰했다. 여기서 만만한 선생님이란 모교로 교생 실습을 나온 사범대 졸업반 오하나 선생님을 가리킨다. 한동안 옆 반 담임인 영어 선생님을 따라다니며 교실 뒤에서 수업 참관만 하던 오하나 선생님은 며칠 전부터 혼자 수업을 했다.

솔직히 참관 첫날부터 우리는 그녀가 매우 착해 빠진 순둥이라는 걸 알아챘다. 그건 예의라곤 쥐똥만큼도 없는 뒷자리 녀석들의 타깃이 되기에 충분하다는 뜻이었다.

중3치고는 큰 키 때문에 끝에서 두 번째 줄에 앉은 나는 무식한 중3 변태 녀석들이 킬킬거리며 떠들어 대는 헛소리를 거의 외울 지경이었다. 그런데 그날은 도를 넘어도 한참을 넘었다. 누군가 파리한 선생님의 얼굴을 가리켜 이런 농담을 던졌기 때문이다.

"쌤, 뭐 믿고 화장도 안 했어요?"

교생선생님을 향한 말장난은 일종의 통과의례 같은 것이라 선생님들도 대체로 '그럴 줄 알았다', '각오했다', '나도 너희들만 할 때 다 해 본 짓이다' 같은 표정으로 넉살 좋게 넘어갔다. 물론 지방방송이 지뢰처럼 터지거나 말거나, 한 치의 흔들림도 없이 진도 빼는 데만 집중해 급기야 김을 확 빼 버리는 독종도 있었지만.

그런데 당시 오하나 선생님은 컨디션이 정말 최악이었는지 평소처럼 웃지 않았다. 판서를 하던 그녀가 잠시 멈칫하는가 싶더니 나지막하게, 그러나 매우 단호한 톤으로 경고를 날렸다.

"조용히 하자."

순간 내 등에선 식은땀이 흘렀는데 눈치 없는 녀석들은 선생님의 반응에 신이라도 난 건지 와자지껄 되지도 않는 농담을 던졌다.

"머리도 안 감았죠?"

"살 좀 빼시지."

"그래서 차였어요?"

그 소리에 뒤로 몸을 홱 돌린 선생님의 눈과 내 눈이 마주쳤다. 나는 너무 당황한 나머지 어색하게 입꼬리를 올려 웃고 말았다. 물론 소리는 나지 않았지만, 누가 봐도 오해하기 딱 십상인 상황이었다.

"차였냐고? 방금 그 말, 니가 한 거니?"

맞다. 오하나 선생님은 나에 대해 알 리가 없다. 우리 반 교생이었다면 모를까 옆 반 담임이 말을 하고 싶어도 잘 못 하는 내 특수 상황에 대해 사전 브리핑을 했을 리 만무하다. 큰일 났네, 싶었다.

'아니에요. 전 아니라고요.'

머릿속에선 아니라고 외치고 있었지만, 도저히 입이 떨어지지 않았다. 이렇게 간단한 말은 연습하지 않아도 튀어나와 줘야 하잖아. 그런데도 너무 당황한 탓인지 얼굴만 벌게질 뿐 도저히 반박을 할 수가 없었다.

더 큰 문제는 정작 그 소리를 지껄인 김윤한 그 녀석은 모르는 척 고개를 처박고 그 상황을 즐기고 있었다는 거다. 김윤한뿐 아니라 반 아이 중 그 누구도 내 편을 들어주는 사람이 없었다. 모두 내가 그럴 수 없는 '선택적 함구증 붕신'이라는 걸 너무나 잘 알고 있는데도 말이다.

"니가 한 거냐고! 선생이 우스워? 교생이라서 만만해?"

순둥이인 줄만 알았던 교생선생님의 표정이 헐크처럼 험악해
졌다.

"대답 안 해? 입이 붙었어?"

순식간에 교실은 공포 분위기가 됐다. 내 입은 더욱더 얼어붙었
다. 마치 위산이 식도로 역류한 것처럼 목이 타들어 가더니 미세
하게 딸꾹질이 났다. 어디 그뿐이랴, 급기야 유치원 때처럼 오줌
이 마렵기 시작했다. 정말이지 쓰러질 것만 같았다. 바로 그때 지
유가 나섰다.

"선생님, 오해가 있으신 것 같아요."

"오해? 오해라고?"

"네. 이서는 그런 말을 한 적이 없어요. 그냥 선생님이랑 눈이 마
주친 것뿐이에요. 제가 짝이라 잘 알아요."

"분명히 비웃었어. 내가 똑똑히 봤다고."

선생님은 손가락으로 나를 가리키며 더욱더 나를 옥죄었다. 그
러나 지유도 물러서지 않았다.

"그러니까 오해예요. 이서는 당황하면 입꼬리가 올라간대요. 이
서는 예의 바른 친구예요. 그런 말을 할 리가 없어요. 했다면 제가
못 들었을 리도 없고요."

일목요연하면서도 강단 있는 지유의 반박에 선생님은 한숨을
푹 쉬었다. 그러고는 큰 눈에서 줄줄 눈물을 쏟아 냈다. 교생선생
님이 전날 진짜로 실연을 당했다는 이야기는 나중에 담임선생

에게 들었다.

"이런 버르장머리 없는 것들. 니들 교생선생님한테 무슨 짓을 한 거야? 안 그래도 상처가 나서 아픈데 거기다 소금을 왕창 뿌려? 대체 니들은 언제 철들래? 내가 아주 얼굴을 못 들겠다, 이것들아."

아이들이 교생선생님의 가슴에 소금을 뿌렸다면, 지유는 내 상처에 후시딘을 발라 주었다. 그날 나는 지유가 아니었다면 옴팡지게 다 뒤집어쓸 뻔했다.

나는 지유에게 고맙다는 말을 카톡이나 쪽지가 아닌 육성으로 하고 싶었다.

'그때 내가 얼마나 고마웠는지 또박또박 얘기해 줘야만 해. 왜냐면 그런 말은 유통기한이 엄청 짧으니까. 바로 하지 않으면 평생 후회하게 될 수도 있어. 엄마와의 마지막처럼.'

급식을 먹고 나서 나는 지유에게 뒷동산에 같이 가자고 쪽지를 보냈다. 바로 옆에 있는데 쪽지를 써야만 하다니, 지독한 절망감이 엄습해 왔다. 엄마가 라면을 끓여 주던 날도 나는 입술만 달싹인 채 아무 말도 하지 못했다. 그냥 묵묵히 라면만 먹었다. 아빠가 아크라로 돌아간다고 악수를 청했을 때도 마찬가지였다.

나의 가장 심각한 문제는 그때 그 순간 뇌가 멈춰 버려 뭘 해야 할지 도통 판단을 할 수 없는 지경이 되어 버린다는 것, 바로 그것이었다. 뇌가 멈춰 버렸으므로 목소리가 나오지 않는 건 당연했다. 왜 나는 지금껏 이런 간단한 이론을 깨닫지 못하고 있었을까.

화장실에 다녀오겠다는 지유를 기다리며 나는 할 말을 찾고 있었다.

'자, 긴장하지 말고 고마운 마음을 그대로 표현하는 거야. 지유야, 고마워. 아까는 너무 당황해서 말이 안 나오더라. 네 덕분에 오해를 풀었어. 넌 정말 용감한 친구야. 다시 한번 고맙다. 이렇게.'

내가 머릿속으로 수십 번 시뮬레이션하고 있을 때 저만치서 지유가 손을 흔들며 걸어왔다. 나는 심호흡을 했다.

"지유야, 고마워. ……네 덕분에 오해를 풀었어. ……넌 용감한 친구야."

지유가 가까이 다가올수록 연습했던 문장이, 단어가 하나씩 사라져 갔다. 정작 지유가 내 앞에 섰을 때 내 머릿속은 다시 백지가 돼 있었다.

'무슨 말이라도 해야 할 것 아냐. 도이서! 정신 차려!'

말을 해야 한다는 의무감에다 잔뜩 기대에 찬 지유의 표정까지 겹쳐져 중압감은 최고조에 이르렀다. 나는 목구멍 밖으로 소리를 밀어내려 애쓰다가 한마디를 어렵게 토해 냈다.

"지유야…… 고마워……."

준비했던 그 많은 문장 중에 겨우 '고마워' 하나라니, 서글펐다. 그런데 지유의 반응이 의외였다.

"너 엄청 연습했구나? 노력이 가상하다, 친구야."

지유가 팝콘처럼 활짝 웃으며 내 어깨를 토닥였다.

"굳이 애쓰지 않아도 돼. 신기한 게, 난 니 눈빛만 봐도 대충 다 읽히거든. 뭔 소리가 하고 싶은지."

그러자 놀랍게도 부글부글 끓던 뱃속이 편안해졌다. 잿가루를 들이마신 것처럼 기침이 나고 칼칼하던 목구멍이 시원하게 뚫리며 드디어 준비했던 말이 버퍼링이나 걸림 현상 없이 흘러나왔다.

"다시 한번 고마워……. 네 덕분에 오해를 풀었어. 넌 참 용감한 친구야."

지유의 눈동자가 커졌다.

"세상에! 내가 무슨 소리를 들은 거야, 지금?"

"그…… 그러게."

나 역시 지유만큼 놀랐기에 자동반사적으로 입이 헤, 하고 벌어졌다.

"근데 그거 아니? 너 목소리 정말 멋져. 성우 같아. 짐작은 했지만 제대로 듣지 못해서 확신이 없었거든? 근데 지금 들으니 확실히 알겠어. 니가 성우 감이라는 걸. 귀가 완전 정화되는 기분이라니까. 누군가를 들뜨게 하는 멋진 목소리라니, 완전 부러워. 너도 알다시피 나는 땍땍거리는 목소리잖냐. 삑사리도 많이 나고."

지유의 말에 나는 너무 부끄러워 귀까지 새빨개졌다. 단 한 번도 내 목소리가 멋있다는 생각을 해 본 적이 없었다. 그냥 한마디라도 제대로 하기 위해 발버둥을 쳤을 뿐.

'정말 내 목소리가 성우 감이라는 거야? 정말?'

눈이 동그래져서 지유를 쳐다보니 지유가 답답하다는 듯 발을 동동 굴렀다.

"어유, 바보. 진짜라니까. 너 내 말 못 믿어? 내가 어디 헛소리하는 사람이냐? 말은 많지만, 흰소리는 내 사전에 없다고. 알지? 알면 고개 끄덕여 봐."

나는 천천히 고개를 끄덕였다. 그 순간 눈물이 날 것 같아서 나는 고개를 돌렸다. 나한테 이런 이야기를 해 준 사람은 없었다. 엄마조차도. 모두 정신적인 문제가 있을 거라고, 분명 심리적인 압박 때문일 거라고 멋대로 짐작해 교과서 같은 처방전만 뽑아 주었으니까.

지유가 주머니에서 꼬깃꼬깃 접힌 두루마리 화장지 몇 칸을 꺼내 건네주었다. 나는 눈물을 닦았다. 신기하게도 창피하다는 생각은 들지 않았다. 이 녀석 앞에선 눈물을 닦는 일도 자연스러웠다. 마치 마법에 홀린 것처럼. 그러나 지유의 그다음 말에 나는 또다시 눈물을 적시고야 말았다.

"이서야, 너는 말이 없으니까 그리고 말할 사람도 없으니까 지금 내가 하는 고백이 새어 나갈 일도 없을 거야. 중3인 내가 뒤늦게 전학을 올 수밖에 없었던 이유 말이야. 있잖아, 난 움직일 수가 없었어. 나처럼 말을 잘하는 애가 순간적으로 얼음이 돼 굳어 버린다는 게 상상이나 가니? 근데 내가 그런 애였더라. 학교 과학실에서 불이 났는데, 친한 친구가 과학실 안에 있었어. 나는 복도 창가에 있었고. 머릿속에선 선생님을 불러야 해, 친구한테 소리쳐야 해, 뛰어들어 가야 해, 아우성을 치는데도 나는 꼼짝도 할 수 없어 불이 번지는 걸 보고만 있었어. 입도, 발도 좀체 움직여지지 않았거든. 그야말로 뇌가 정지된 것처럼 두 주먹을 꽉 쥔 채 동상이 된 거야. 정말 미칠 것만 같았어."

지유가 잠시 말을 멈추고는 고개를 뒤로 한껏 젖혔다. 눈물이 떨어질까 봐 그러는 것 같았다. 나는 푹 젖은 두루마리 화장지만 하릴없이 내려다보았다.

"넌 알 거라고 생각해. 뭐냐면…… 너무 무서워서 눈물도 안 나는 그런 거. 다행히 친구가 물에 젖은 걸레를 뒤집어쓴 채 튀어나왔어. 그런데…… 그 앞에 미동도 않고 서 있는 나를 보고는 충격을 받았나 봐. 입술을 한 번 잘근 깨물더니 냅다 내 뺨을 후려치더라. 그러고는 이렇게 소리를 질렀어. '야, 이 미친년아! 너 불구경한 거야? 내가 저 안에 있는데?' 친구의 손길이 닿자 그제야 정신이 차려지고 다리가 움직여졌어. 그래서 어떻게 됐냐고? 짐작하다시피 내 말을 믿어 주는 사람은 아무도 없었어. 그 누구도."

최초의 경험은 두어 달 전이라고 했다. 등굣길, 낡은 지하철에서였는데 기계 고장으로 지하철이 급정거하면서 앞뒤로 크게 흔들렸고 열차 안은 이내 아수라장이 된 일이 있었다. 수십 명의 부상자까지 발생해 저녁 메인 뉴스에도 나왔던 상당히 큰 인재였다.

지하철 문이 열리며 인파가 일제히 몰려나왔는데, 그 자리에 지유가 있었다. 지하철을 기다리던 지유는 파도처럼 몰아치는 인파들을 피할 생각조차 못 하고 꼼짝없이 얼음이 되어 있었다. 마치 전원이 꺼진 고장 난 로봇처럼 말이다.

뒤에 있던 할머니가 갈라진 목소리로 "아가! 얼른 이쪽으로 와! 다쳐!" 하고 외치며 어깨를 잡아 비상구 쪽으로 끌어당겨 주지 않았다면 지유는 그대로 인간 썰물에 떠밀려 밟혀 죽었을 수도 있었다.

"얼마 전 지하철 사고 트라우마 때문일 거라고 말해 봤지만, 그깟 사고, 그것도 두 달이나 지난 일로 불구경한 게 설명이 되냐? 핑계도 정말 가지가지 구질구질하네, 너 그 뒤로도 멀쩡하게 지하철 잘 타고 다녔잖아, 하면서 끝내 내 얘기를 믿어 주지 않더라. 사실 나, 지하철 대신 버스만 타고 다녔어. 두 번 다시 떠올리기 싫어서. 일부러 버스를 타느라 등하교 시간이 삼십 분이나 더 걸린다는 걸 엄마나 아빠한테도, 친구들한테도 일절 말하지 않았어. 웃긴 건 누구라도 옆에 있으면 지하철이 타지더라는 거야. 그러니 동정심을 유발하기 위한 지저분한 핑계라고 생각할 수밖에. 난 졸지에 친구가 불에 탈 수도 있는데, 멀쩡히 불구경만 한 사이코패스가 됐어. 그 누구도 내가 왜 그랬는지는 관심이 없더라고. 그래서 말인데…… 상상조차 하기 싫지만…… 혹시라도 그런 일이 또 생기면 이서 니가 내 어깨를 잡아 돌려세워 줄 수 있겠니? 나는 너의 입이 되어 줄게, 너는 나의 전원이 되어 주라."

나는 너의 입이 되어 줄게, 너는 나의 전원이 되어 주라. 슬프지만 정말 멋진 말이었다. 나는 이제껏 이렇게 아름다운 문장은 본 일이 없었다.

"지유야, 우리 라면 먹으러 갈래?"

지유가 깜짝 놀라서 나를 쳐다봤다. 너무나 자연스럽게 튀어나온 말에 나도 흠칫 놀랐다. 상대방을 믿으면 마음속 말이 이렇게 버퍼링이나 걸림 없이 흘러나오기도 하는 건가.

"니가 질문을 다 하다니! 왠지 고백받은 기분이야. 당연하지, 수업 끝나면 당장 가자. 근데 니가 사는 거다. 히히히."

도이시의 친구, 쏙 출격 사건

점심시간이 다 끝나갈 때까지 나는 도이시 미켈란이 아침에 쥐여 준 쪽지를 펴 보지 않았다. 그냥 짐작에, 그 편지를 읽었다간 이제껏 애써 꾹꾹 누르고 있던 뭔가가 터져 버리고야 말 것 같다는, 그런 걱정 때문이었다. 궁금해 미칠 것 같았지만 동시에 무서웠다. 두렵고 버거웠다.

"이서야, 체육복 갖고 왔지?"

지유가 골똘히 생각에 잠겨 있는 나를 향해 무심한 투로 물었다. 순간 나는 당황해서 동공이 확대됐다. 맞다, 이번 주에는 음악 시간과 체육 시간이 바뀌게 되었으니 금요일에도 체육복을 꼭 가져오라고 반장이 여러 번 공지했었다. 세탁기 옆 빨래 바구니 속에 던져 놓은 하늘색 체육복이 생각나 나는 초조해졌다.

"왜? 안 가져왔어? 어디 빌릴 친구 없을까?"

하나 마나 한 소리였다. 내게 그런 친구가 있을 리 없으니까. 지유 역시 나 말고는 친구가 없었다. 그 순간, 오늘 삼촌이 월차라는 게 떠올랐다. 집이 코앞이니 충분히 가져다줄 수 있을 것 같았다.

"삼촌!"

— 삼촌한테 갖다 달라고 할게. 월차랬어.

글로 써서 보여 주자 지유가 "잘됐다! 난 나라도 다른 반 가서 빌려 와야 하나 싶었는데"라며 두 손바닥을 마주쳤다. 나는 서둘러 삼촌한테 카톡을 보냈다.

나

삼촌, 나 정말 급해서 그러는데 세탁기 옆 빨래 바구니에 있는 체육복 좀 가져다주라. 안 그럼 나 벌점 받아.

카톡을 보내자마자 삼촌이 답을 보내왔다.

삼촌

엇, 이서야!

역시 어화둥둥 우리 삼촌이구먼.

삼촌

혹시 몇 시까지?

세 시. 쇼핑백에 넣어 아인슈타인 동상 옆에
놔 주면 찾아갈게.

삼촌도 우리 학교 출신이라 아인슈타인 동상이 어딨는지 훤히
잘 알았다. 그 동상을 끼고 오른쪽으로 돌면 3학년 4반으로 통하
는 현관이 나타났다.

삼 분 정도 침묵이 이어졌다. 왠지 불길한 기운이 느껴지는 그런
삼 분이었다. 아니나 다를까, 우려하던 일이 벌어졌다.

삼촌

삼촌이 지금 급하게 나가 봐야 해서. 마침
이시 옆에 있는데 갈 수 있대. 3학년 4반 맞지?

나는 머리가 떵했다. 입이 저절로 벌어졌다. 대체 이게 무슨 시
추에이션이란 말인가. 도이시 미켈란이 체육복을 가지고 학교에
온다니 말인가 방귀인가. 차라리 벌점을 받는 게 낫지, 도이시 미
켈란이 전교생이 다 볼 수도 있는 학교로 제 발로 걸어오다니.

됐어. 오지 마. 내가 알아서 할게.

삼촌은 정말 급하게 나갔는지 카톡의 숫자 1이 좀처럼 지워지

지 않았다. 나는 초조해졌다. 흘낏 지유를 쳐다봤으나 그 앤 손으로 턱을 괸 채 졸고 있었다. 도이시 미켈란에 대한 이야기는 언질조차 준 적이 없었으므로 당장 전후 사정을 설명하기란 나로선 엄청난 무리수가 따르는 일이었다. 말로는 도저히 안 될 것이요, 카톡에 쓰는 것조차 지금으로선 영 자신이 없었다.

나는 마음을 진정하려 애썼다. 그래, 이럴 수도 있잖아. 도이시 미켈란이 누구한테도 들키지 않고 아인슈타인 동상 옆에 쇼핑백을 슬그머니 놓고 갈 수도. 아냐. 이렇게 밝은 대낮에 도이시 미켈란이 더 도드라졌으면 졌지, 눈에 안 띌 리 없잖아. 아, 대체 어떻게 해야 하지? 도이시 미켈란의 휴대폰 번호도 모르는데!

5교시가 끝나고 쉬는 시간이 되자 나는 뭐 마려운 강아지처럼 현관 앞으로 뛰어나갔다. 마침 모자를 푹 눌러쓴 누군가가 교문 앞 경비 아저씨에게 뭐라 뭐라 상황을 설명하는 게 보였으나 다행히 도이시 미켈란은 아니었다.

이십 대 중후반 같은 그녀는 키가 도이시 미켈란보다 10센티미터가량은 더 작아 보였지만, 곧게 뻗은 직각 어깨며 토시를 했는데도 팔뚝 살이 단단해 보이는 게 여간 다부진 몸매가 아니었다.

안도의 한숨을 내쉬려는데, 모자의 주인공이 잰걸음으로 아인슈타인 동상 쪽으로 걸어왔다. 그것도 익숙한 종이가방과 함께.

'누구지? 저건 분명 삼촌 회사 종이가방인데.'

의아해하고 있는데 슬리퍼를 직직 끌고 나온 같은 반 양아치 준구 녀석이 그녀를 발견하고는 건들건들 반말로 시비를 걸었다.

"삘리삔 언냐네. 누구 찾아왔어?"

"필리핀 아니고 캄보디아거든. 택배 온 거니까 어린 양아치는 신경 꺼. 도이서나 불러 줘."

너무나 유창한 한국말과 너무도 당당한 말투에 준구는 깜짝 놀란 것 같았다. 언제 따라 나왔는지 지유가 다가가더니 인사를 꾸벅하고는 이내 종이가방을 건네받았다.

"제가 전해 줄게요. 도이서가 제 짝이거든요."

"고마워요. 택배비는 이미 받았으니 걱정 말라고 전해 주세요."

자신을 캄보디아 출신 택배 기사라고 소개한 그녀는 더할 나위 없이 친절했다. 양아치 준구 녀석은 그녀의 완벽에 가까운 한국말 솜씨보다 그게 더 황당했는지 이 사이로 침을 한 번 찍 뱉더니 이내 교실로 자취를 감추었다.

나중에 알게 된 사실이지만, 그녀는 도이시 미켈란의 친구 쏙이었다. 쏙이라면 공항에 온 첫날, 도이시 미켈란의 편지에 적혀 있던 바로 그 친구였다. 금요일이라는 뜻을 지닌, 당구를 잘 치고 한국말이 유창하다는 바로 그 캄보디아 친구 말이다.

쏙이 집에 놀러 올 수도 있다더니 오늘이 바로 그날인가. 모자를 푹 눌러쓴 상태여서 생김새를 자세하게 파악할 수는 없었지만, 언뜻 봐도 매우 야무져 보이는 그런 윤곽이었다.

나는 이 상황을 어떻게 받아들여야 할지 몰라 6교시 내내 생각에 잠겨 있었다. 한국말을 잘해서 대신 쪽을 보낸 걸까. 아니면 자기가 학교에 오는 걸 내가 안절부절못할 만큼 창피해한다는 걸 짐작해서였나. 아무튼 쪽을 대신 보낸 것까지는 그렇다 쳐도 택배라니, 택배비는 이미 받았다니, 이건 또 무슨 상황극인지.

해답이 적힌 쪽지는 종이가방 안에 있었다. 누가 봐도 도이시 미켈란의 친구 쪽이 쓴 것이었다. 한국말은 유창했지만, 글씨는 도이시 미켈란의 반의 반도 못 쫓아올 만큼 악필이었다.

— 도이서 학생, 도이시 미켈란이 나한테 대신 가 달라고 부탁했어요. 꼭 택배라고 하라면서. 나는 도이시 친구 쪽입니다. 자주 놀러 갈게요. 열공!

화장실에 다녀온 지유가 쪽지를 발견하고는 "읽어 봐도 돼?" 하고 물었다. 나는 힘없이 고개를 끄덕였다. 도이시 미켈란, 택배, 쪽이란 단어를 놓고 전체 플롯을 짜느라 안간힘을 쓰는 지유의 미간이 잔뜩 찌푸려져 있었다.

도이시 미켈란 이야기는 한 번도 들어본 적 없었는데 갑자기 등장한 데다 그 이름이 언뜻 나와 비슷하기는 하지만 누가 봐도 우리나라의 것이 아니다, 그리고 택배라며 체육복을 가져온 언니가 외국에서 온 그녀의 친구인데 이름은 쪽이다, 내가 창피해할까 봐 부득불 택배라고 속여 그녀 대신 왔다……. 지유는 노트에 동그라

미까지 쳐 가며 단서들의 연결고리와 그것들이 내포한 속뜻을 파악해 내느라 열심이었다.

"휴, 도저히 연결이 안 되네. 이따 집에 가서 카톡으로 설명해 줘. 참고로 난 긴 얘기를 아주 좋아해, 도이서."

6교시가 끝나고 국어 선생님이 앞문으로 자취를 감추자마자 지유가 한숨을 길게 내쉬며 속삭이듯 말했다. 둘 다 머릿속이 불순물이 낀 듯 찝찝했지만, 마지막 체육 수업을 위해선 서둘러 운동장으로 나가야만 했다.

라면, 떡라면, 치즈라면, 만두라면, 김치라면, 짬뽕라면······. 김밥천국의 라면 메뉴는 여섯 개가 전부였다. 이중 지유는 만두라면을, 나는 그냥 라면을 골랐다. 여기에 천국 김밥 두 줄까지.

"우리 이모가 그러는데 집에서 끓인 라면보다 분식집에서 파는 라면이 맛있는 이유는 국물이랑 면이랑 따로 끓여서 그렇대. 뭐 안 그런 집도 있겠지만. 끓이는 동안 면에 밴 기름이 어느 정도는 빠져나가니까 덜 느끼하고 꼬들꼬들하고."

그 말에 나는 엄마가 마지막에 끓여 준 '계란떡만두햄치즈김치라면'이 생각났다. 그 이후론 나도 엄마처럼, 분식집처럼 국물이랑 면을 따로 끓였으니까.

"나도 그래."

"오호! 언제 너희 집에 놀러 가야겠다. 니가 끓여 주는 라면 먹으러."

지유는 참, 한 마디를 하면 열 걸음을 앞서갔다. 나에겐 더할 나위 없이 찰떡같은 친구랄까. 저렇게 밝고 쾌활한 아이가 전학을 와야 할 만큼 큰 아픔을 겪었다니 솔직히 믿어지지 않았다. 그러나 나는 누구보다도 지유의 두려움을 알 것 같았다.

엄마의 사십구재에서도, 삼우제에서도, 심지어 장례식장에서도 나는 울 수가 없었다. 사람들이 삼삼오오 육개장을 먹으며 속닥였다. "새엄만가. 애가 뭐 저리 멀쩡하냐." "그러게, 울지도 않고 덤덤한 게 우리 아들이 저럴까 봐 걱정된다." "설마, 쟤 지금 게임하는 거야? 엄마 장례식장에서?" "이어폰 낀 거 보니 그렇네. 진짜 철없다." 마치 내가 안 보이는 것처럼 들릴락 말락 하는 소리로 막말을 주고받을 때도 나는 라면 유튜브만 보고 있었다. 보고 있었다기보다 그냥 동공을 유튜브 화면에 박제해 버렸다. 그것 말고는 뭘 해야 할지 도통 몰랐으니까. 그러나 유튜브를 아무리 뒤져 봐도 엄마가 끓여 준 '계란떡만두햄치즈김치라면'은 없었다.

"이서야, 오늘 고마웠어. 내 얘기 들어주고 라면도 사 주고. 학교에서 혹시 전원이 꺼지는 일이 생겨도 이서 네가 켜 줄 거라고 생각하니 마음이 한결 편안해. 오늘은 악몽 안 꾸고 잘 잘 수 있을 것 같아. 다시 한번 고마워."

나는 대답 대신 김밥을 지유의 라면 그릇에 얹어 주었다. 오늘 김밥이 좀 퍽퍽하니 라면 국물에 담가 먹으라는 뜻이었다. 우리는 그렇게 단무지 하나까지 알뜰하게 나눠 먹고는 헤어졌다.

"주말 잘 보내, 지유야!"

나는 목소리를 한껏 가다듬어 인사를 건넸다. 분식집에서부터 시뮬레이션을 돌려 가며 속으로 연습한 인사말이었다. 목소리가 성우처럼 멋있다는 지유한테 실망감을 안기지 않기 위해서, 그리고 지유가 정말 악몽을 꾸지 않고 오랜만에 푹 자기를 간절히 바라는 마음에서. 종류는 다르지만 혼자 도저히 해결할 수 없는 아픔이 있다는 게 마음에 들었다. 그건 내가 조금이라도 도움이 된다는 뜻이니까.

가파를수록 하늘과 가깝다

지유와 헤어진 뒤 나는 스카이빌라 402호인 우리 집 대신 북아현동 언덕 위에 솟아 있는 동심 경로당으로 갔다. 이곳엔 나만의 아지트가 있다.

어릴 적 친구 민수 외에는 아무도 모르니 그야말로 아지트라 부를 만했다. 말할 사람도 없지만 설령 있다고 해도 경로당에 아지트가 있다고 하면 죄다 비웃을 게 뻔했다. 스터디 카페 아니면 PC방 아니면 뽑기방이라면 모를까.

동심 경로당은 북아현동 웨딩타운 끝자락에서 고개를 빼고 올려다봐야만 겨우 발견할 수 있는 까마득한 언덕길 위에 있었다. 잡초만 무성한 급경사의 언덕을 오르는 건 누가 봐도 불가능한 일이었다. 따라서 대부분의 주민들이 아현역 쪽으로 난 가파른 계단을 헉헉대며 오르거나, 이대역 비탈길 쪽으로 한참이나 에둘러서 가곤 했다.

그러다 보니 경로당인데도 노인들이 이용을 꺼리거나, 작정하고 가더라도 중간에 한 번은 쉬어야만 하는 웃픈 일이 반복됐다.

42미터나 되는 경사진 언덕길은 인근 주민들에게도 똑같은 난제였다. 그래서 주민들이 뜻을 모아 서울시와 서대문구에 경사형 엘리베이터 설치를 강력하게 요청한 결과, 드디어 수개월 전 지금과 같은 비스듬한 엘리베이터가 탄생했다.

나는 이 15인승 경사형 엘리베이터가 마음에 쏙 들었다. 언덕을 타고 비스듬히 오르락내리락하는 것도 짜릿했지만, 더 좋은 건 엘리베이터에서 내렸을 때 펼쳐지는 동심 경로당과 그 뒤의 낯선 동네 풍경이었다.

게다가 이곳은 엄마가 떠났다는 또 다른 세상, 그러니까 물빛 하늘길로 이어지는 가장 가깝고 빠르고 럭셔리한 길이기 때문이다. 42미터를 올라 드디어 엘리베이터 문이 열리면, 구호단체 조끼가 아니라 꽃무늬 홈드레스를 입은 엄마가 짜잔 하고 나타나 지금의 도이시 미켈란처럼 손을 흔들어 줄 것 같달까.

에휴, 중3이나 되어 가지고 이런 유치하기 짝이 없는 상상을 매일 시리즈로 하다니…… 꿈에라도 나와 주면 좋을 텐데 왜 한 번도 오지 않는 걸까, 엄마는.

만약 이 엘리베이터가 SF 영화에 나오는 우주정거장이라면 어떨까. 부자들이 사는 영화 속 우주 부촌 엘리시움과 가난한 서민들이 사는 지구의 달동네를 잇는 유일한 탈것 말이다. 그렇다면 과연 엄마는 어느 하늘 위에서 살고 있을까. 이왕이면 아프리카 가나 아크라가 아니라 비버리 힐스나 파리 16구 하늘 위라면 좋을 텐데. 거기선 아프지도 말고 구호 활동도 하지 말고 라면도 끓이지 말기를.

다섯 시 삼십오 분, 저녁이 다 되어 가는 시간이라 동심 경로당에는 할머니, 할아버지가 모두 귀가하고 없었다. 안으로 들어가는 낮은 키의 철제 대문이 굳게 잠겨 있다는 게 그 증거였다.

경로당도 어린이집과 똑같아서 특별한 이유 없이 늦도록 남아 있는 건 걱정 혹은 눈총을 받는 일이었다. 역시 경로당 식구들이 가장 부러워하는 건 교복을 입은 중학생 손주가 하굣길에 경로당에 들러 자신의 할머니 혹은 할아버지를 모시고 희희낙락 함께 집으로 돌아가는 풍경이었다.

나는 그 기분을 너무 잘 안다. 유치원 때도 초등학교 시절에도 엄마, 아빠는 나를 데리러 온 적이 없었다. 유치원이고 학교고 집에서 100미터도 안 되는 근거리에 있었기에 혼자서도 충분히 왔다 갔다 할 수 있었지만, 그렇다고 엄마를 기다리지 않은 건 아니었다. 라면의 허기는 라면으로밖에 채울 수 없다는 라면 유튜버의 명언이 공자, 맹자, 링컨, 케네디, 이순신, 세종대왕의 명언보다 더 살갗을 파고드는 이유를 나는 너무나 잘 알고 있다. 문제는 나만 안다는 것이다. 어화둥둥 삼촌도, 드라마라면 사족을 못 쓰는 할머니도, 아프면서도 아프리카 아이들을 걱정했던 인류애 넘치는 엄마도, 엄마를 잊지 못해 아크라로 가 버린 아빠도 내 마음을 깊이 들여다볼 생각 같은 건 못 했던 것 같다.

그런데 요즘 도이시 미켈란 때문에 혼란스럽다. 그녀가 돌아갈 때까지 절대로 누나라고 불러 주지 않으리라 결심했는데, 그 단단한 매듭이 자꾸 풀릴 것처럼 헐렁해지고 있어 머리가 아플달까. 피가 섞인 것도 아니요, 피부색도 완전히 다른 외국인인데!

나는 도이시 미켈란의 편지를 손에 쥔 채 낡은 3층짜리 단독주택을 리모델링해 만든 동심 경로당의 철제 대문을 가볍게 타고 넘었다. 3층 옥상으로 몰래 올라가기 위해서였다. 2층 야외 테라스엔 할머니, 할아버지들이 종종 햇빛을 쐬기 위해 옹기종기 모여 있었으나, 가파른 3층의 좁다란 옥상에는 아무도 올라갈 엄두를 내지 못했다.

사실 어르신들이 오르기엔 경사형 엘리베이터가 생기기 전의 언덕길만큼 좁고 높았다. 지하철 계단 높이가 보통 18센티미터인데 비해 옥상 계단은 무려 25센티미터가 넘었다. 게다가 계단 입구에 살짝 줄까지 쳐져 있어 누가 봐도 경로당 내 출입금지 장소가 됐다는 걸 알 수 있었다.

아무래도 옛날 주택의 자투리 공간 같은 곳이라서 그런지 크기도 협소했다. 커다란 물탱크 하나가 자리 잡을 정도랄까. 그 덕에 어르신들의 발길이 도통 닿지 않으니 우리 차지가 될 수 있었겠지만. 민수랑 내가 나란히 앉기엔 꽤 넉넉한 공간이었다.

어르신들이 모두 귀가한 때였으므로 엘리베이터를 이용하는 사람들 눈에 띄지 않도록 주의를 기울이는 게 중요했다. 그렇게 오른 우리만의 아지트는 동네 전경이 한눈에 쏙 들어오는 명당 중의 명당이었다. 나는 경사형 엘리베이터가 생기기 훨씬 전부터 그 비밀을 알아챘다. 외롭고 고독할수록 덜 거추장스럽다는 걸, 가파를수록 하늘이 더 가까워진다는 걸.

또 하나 재밌는 건 이 동심 경로당을 기점으로, 아니 경사형 엘리베이터를 사이에 두고 두 동네가 확연히 갈라진다는 사실이다. 엘리베이터에서 내려 경로당을 통과하면 새로 생긴 깨끗한 아파트 단지가 마치 모눈종이처럼 눈앞에 펼쳐졌다.

얼마 전 민수네가 이사 간 곳이기도 했다. 반면에 우리 집이 있는 맞은편 동네는 여전히 오래된 빌라와 후락한 단독주택들이 갯바위에 붙은 고동들처럼 다닥다닥 붙어 있었다.

경로당에서 내려다본 언덕은 오늘도 흐릿하다 못해 비현실적이다. 내가 정말 이 세상이 아닌 다른 세상에 와 있는 건 아닌가 착각이 들 정도로. 게다가 오늘은 정말 긴 하루였다. 지유의 고백에, 택배 사건에, 지유와의 라면 타임까지. 가슴께가 뻐근해졌다.

나는 교복 바지 주머니에 손을 넣어 도이시 미켈란의 쪽지가 잘 있는지 다시 한번 확인했다. 경로당이라면 그녀의 손편지를 읽기에 적당한 장소라는 생각이 들었다. 그냥 이 쪽지만큼은 엄마랑 같이 읽고 싶었다. 엘리베이터를 타고 경로당으로 오던 그 찰나의 시간이 오늘따라 더욱 설레게 느껴졌던 건 지유 때문일까, 이 쪽지 때문일까.

애니웨이, 중3이 되고 민수네가 엘리베이터 건너 신축 아파트로 이사를 가면서 아지트는 거의 나의 독차지가 됐다. 민수의 발길은 서서히 끊겼다. 집도 다른 데다 특목고에 가려면 당연한 일이겠지. 학교에 학원에 과외까지, 민수는 정말 바빠 보였다.

그럼에도 '거의'라고 한 것은 머지않아 녀석이 올 거라는 확신이 있었기 때문이다. 녀석은 분명히 엄마의 장례식장에서 "아지트에서 봐"라고 속삭였다. 내가 아는 한 민수는 약속을 헌신짝처럼 걷어차 버릴 그런 녀석이 아니었다. 시간이 걸릴 뿐 언젠가는 꼭 나타날 것이라는 믿음이 있었다, 내겐.

녀석을 마지막으로 본 건…… 맞다, 우리 엄마의 장례식장에서였다. 그런 곳에서 민수를 만나다니. 그것도 몇 개월 만에. 자기 엄마의 손에 이끌려 억지로 장례식장에 온 것 같은 민수의 표정은 뭐랄까, 할머니 말대로 쑤다 만 풀죽 같았다. 어쩌면 어떤 표정을 지어야 할지 몰라 잔뜩 겁을 먹고 있었을 수도. 그건 나도 마찬가지였으니까.

민수네 가족은 검은 양복을 입고 힘없이 서 있는 아빠와 나를 향해 가볍게 목례를 했다. 이어 민수 엄마가 대표로 헌화를 한 뒤

셋은 모두 절 대신 가볍게 고개를 숙여 묵념을 했다. 민수네는 동네에서도 알아주는 독실한 기독교 집안이었다. 몸을 돌려 마지막으로 정중하게 예를 표한 셋은 식사도 하지 않은 채 뒷걸음질을 섞어 서둘러 장례식장을 빠져나갔다.

민수의 엄마, 아빠가 우리 아빠의 배웅을 받으며 신발을 꿰어 신는 동안 민수가 내 귀에 대고 이렇게 속삭였다. "아지트에서 봐." 그 뒤로 거의 매일 저녁 이곳에 들러 봤지만, 민수가 다녀간 흔적은 없었다.

나는 민수가 전에 가져와 사다리 뒤에 잘 숨겨 놓은, 꽤 고가의 캠핑용 의자 두 개를 나란히 폈다. 그러고는 시야가 더 잘 보이는 쪽에 앉아 고개를 한껏 뒤로 젖혔다. 하늘이 온통 내 얼굴 위로 쏟아지는 것 같은 짜릿한 기분이었다. 혹시 하늘색 물감이 눈 위로 비처럼 떨어지지는 않을까 싶을 만큼 날씨도 청명했다.

'엄마, 안녕?' 오른손을 들어 두세 번 살랑 흔드는 것으로 인사를 대신한 후, 드디어 도이시 미켈란의 쪽지를 펴 들었다. 하늘 대신 줄무늬 편지지 위의 파란 글씨가 눈 위에 아른거렸다.

그 순간, 익숙한 발소리가 들렸다. 심장이 조금 빠르게 뛰었지만 내색하지는 않았다. 어느새 다가온 민수 녀석이 둔탁한 가방을 아무렇게나 내던지는가 싶더니 이내 옆자리에 풀썩 주저앉는 게 느껴졌다. 나는 반가움을 들키지 않으려고 자세도 바꾸지 않고 엄마에게 하듯 가벼운 손인사만 건넸다.

민수는 화답 대신 "휴!" 하고 큰 숨을 내뱉었다. 그러고는 내 눈을 가린 도이시 미켈란의 편지를 엄지와 검지로 조심스레 걷어 냈다. 눈으로만 편지를 훑어 내려가던 녀석이 마침표 같은 한숨을 쉬며 물었다.

"병신, 아직 안 읽었냐?"

"응."

"기다려 봐, 읽어 줄 테니."

도이서, 내 동생, 카톡 친구 추가해 주세요.

오늘 드디어 핸드폰을 만들었어요.

제 전화번호는 010-0344-0009입니다.

그리고 이번 주 토요일 점심에 내가 너를 위해 라면을 끓여 줄게.

절대 다른 곳에 가지를 마세요.

나는 예전에 엄마에게 배운 대로 삼촌과 도이서에게 라면을 끓여 줄 것이다.

사랑해, 내 동생.

도이시 누나

p.s. 아크라에서 라면을 같이 먹었어요. 엄마가 만들어 주셨어요. 우리는 아주 잘 지냈습니다.

민수는 헛기침을 몇 번 큼큼하더니 큰 소리로 또박또박 편지를 낭독하기 시작했다. 도이시 미켈란의 편지를 민수의 목소리를 통해 듣고 있자니 갑자기 참아 왔던 설움이 북받쳐 올랐다. 하늘이 휘청 흔들리고 구름이 뿌옇게 뭉개지더니 툭툭 빗방울이 눈가를 타고 귀 뒤로 흘렀다. 햇빛이 이렇게 쨍한 5월이었는데 말이다.

"참 내. 날씨는 맑은데 비가 오나."

능청맞은 민수 녀석이 가방에서 우산을 꺼내 축축하게 젖은 내 얼굴을 덮어 주었다.

"아 씨, 존나 병맛이다. 천하의 하민수가 여자도 아닌 남자 새끼한테 우산을 다 펴 주고."

다시 십오 분쯤 흘렀을까. 민수가 내 어깨를 툭툭 쳤다.

"야, 내일 말이야, 나도 라면 먹으러 가도 되지?"

"난, 아직……"

아직 마음의 결정을 내리지 못했다, 고 할 참이었으나 녀석이 고르디우스 신화에 나오는 알렉산더 대왕이라도 되는 양 여전히 꼬여 있는 마음속 매듭을 단칼에 끊어 버렸다.

"됐고, 내일 집에서 봐. 열두 시까지 갈게."

나는 우산을 접어 민수의 가방에 넣어 주었다. 하늘이 신기하게 말라 있었다. 녀석과 나는 의자를 접어 다시 사다리 뒤에 잘 숨겨 두고는 사방을 두리번거리며 경로당 1층으로 내려왔다.

"괘, 괜찮겠어?"

엘리베이터 앞에서 내가 걱정스레 물었다. 학원을 땡땡이치고 우리 집에 놀러 와도 혼나지 않겠냐는 뜻이었다.

그러자 민수가 가래침을 한 번 퉤 하고 뱉더니 놀라운 얘기를 들려주었다.

"수준 차이 난다고 너랑 이 동네 그만 안녕 하라더니, 가나에서 이화여대 교환학생이 왔다니까 가서 공짜로 영어 프리토킹 좀 해 보래. 너도 알다시피 우리 엄마 완전 빅이얼, 빅마우스잖아. 존나 소름 돋는다, 정말. 나한텐 잘됐지 뭐. 너도 자주 보고 라면도 먹고. 그러니까 어디로 튀지 말고 집에 얌전히 있어라. 토끼면 잡으러 다니기 힘들어."

집은 텅 비어 있었다. 급하게 볼 일이 있다던 삼촌은 정말 급한 일이 생겼는지 저녁 여덟 시가 넘어가는데도 올 생각을 안 했다. 두 시간은 더 있어야 도이시 미켈란도 올 것이었다.

식탁 위엔 달걀프라이까지 얹은 김치볶음밥과 랩을 씌운 된장국, 그리고 깍두기가 놓여 있었다. 된장국에 랩을 씌운 건 전자레인지에 데워 먹으라는 뜻이었다.

다 먹고 난 뒤 지유에게 카톡을 보냈다. 아무래도 도이시 미켈란 이야기를 마저 해야 할 것 같았다. 도이시 미켈란이 아침마다 배웅하며 손편지를 준다는 얘기를 하자 지유가 난리를 쳤다.

지유

오늘 택배 사건만 봐도 도이시 언니는 정말 멋진 사람 같아.
그런데 왜 넌 말끝마다 도이시 미켈란 타령이야? 그냥
누나라고 하면 안 돼? 대체 문제가 뭔데?

역시 지유는 몇 발자국 앞서갔다.

나

글쎄, 문제가 뭘까?

당황한 내가 되물었다. 나도 정확하게 문제가 뭔지 알 수 없었
다. 알았다면 이렇게 현기증이 나지는 않았겠지.

지유

이시 언니가 싫은 건 아니고?

나

좋고 싫고가 어딨어. 어차피 연말이면 가 버릴 텐데.

지유

이제 알겠다.

나

뭘?

지유

정들까 봐 겁나는 마음.

> 정들까 봐 겁나는 마음이라…….

나는 지유의 말을 필사라도 하듯 그대로 다시 적어 보았다.

지유

> 지켜 줄 수 없다는 두려움이랄까. 모르는 사람은
> 지켜 줄 필요가 없으니까.

나는 한동안 지유가 쓴 문장을 읽고 또 읽었다. 대체 너란 녀석은 정말……. 지유 말이 사실이라면 어쩌지? 엄마를 지켜 주기는커녕 마지막에 따뜻하게 한번 안아 주지도 못하고 떠나보낸 나를, 고장 난 구형 인공지능만도 못한 바보 같은 나를, 나는 과연 용서할 수 있을까.

머릿속에 끼어든 불순한 생각을 털어 내려고 고개를 크게 저었다. 누가 봤더라면 헤드뱅잉이라도 하는 줄 착각했을 거다. 당황한 공간이 온라인이라서 그런지 입꼬리가 올라가는 대신 손가락이 춤을 췄다. 엉뚱한 소리가 나도 모르게 문자로 튀어나왔다.

나

> 지유야, 내일 너도 올래? 도이시 미켈란이
> 라면 끓여 준대.

지유

> 나 말고 또 누가 오는데?

내가 아, 하고 말하면 어, 하고 답하는 신기한 지유. 순간 나는 인간 거짓말탐지기가 있다면 바로 지유가 아닐까 싶었다.

내 친구 하민수. 둘 있는 친구 중 한 명.

지유

나머지 한 명은 나고?

역시 나는 지유를 이길 수가 없다. 전원이 꺼지는 불상사만 없다면 지유는 언제나 이렇게 재기발랄할 텐데. 제발 그런 일이 생기지 않기를 엄마한테 슬쩍 부탁해 보는 수밖에.

계란똑만두햄취이즈김치이라면

달그락달그락, 탁탁, 쏴아아, 또깍또깍, 까르르까르르, 개웃겨, 치지직, 꿀렁꿀렁, 굿, 스땁, 큼큼…….

세상의 모든 소리들이 단체 워크숍이라도 하는 것 같은 부산스러움에 나는 눈을 뜨지 않을 수 없었다. 시계를 보니 벌써 열 시 반이었다.

문을 열어 빼꼼히 내다보니 삼촌, 도이시 미켈란, 쏙이 부엌을 오가며 부지런히 뭔가를 만드는 모습이 보였다.

메뉴는 분명 라면이라고 했는데, 풍경은 마치 12첩 반상이라도 차리는 듯 요란했다. 물론 어젯밤에 삼촌한테 민수랑 짝꿍 지유도 올 거라고 미리 알려주긴 했다. 그래서 갑자기 분주해진 건가. 라면 두 개만 더 끓이면 될 텐데.

나는 모든 게 후회스러웠다. 일이 왜 이렇게까지 커졌을까. 이를 닦다 말고 거울 속에 비친 내 얼굴을 가만히 들여다보았다. 아미가 들었다면 나를 묻어 버리고도 남겠지만, 삼촌은 내가 '키 큰 방탄 소년단 슈가'라며 추켜세우곤 했다. 며칠 전 지유는 나더러 5미터 슈가라면서 "가까이 다가오지 마. 5미터 전방에서 얘기하자, 우리" 하고 킬킬거렸다.

아무튼 민수의 경우는 본인이 통보하듯 오겠다고 한 것이고, 나는 감히 말릴 엄두도 내지 못했다. 반대로 지유는 그 누구의 강요도 없이 내 손으로 직접 카톡을 보낸 것이었다. 아, 정말, 미치지 않고서야! 온라인이라는 무형의 공간에서는 당황하면 입꼬리 대신 손가락이 제멋대로 움직인다는 걸 나는 이번 기회에 확실히 깨달았다.

어쩔 수 없었다. 일은 이미 벌어졌다. 별 탈 없이 지나가 주기만을 간절히 바라는 수밖에. 교복 대신 검정 반팔 면 티셔츠와 삼선 추리닝 바지로 갈아입은 뒤 초조하게 방 안을 왔다 갔다 하고 있는데, 민수 녀석이 들이닥쳤다. 검은색에 가까운 짙은 회색 반팔 후드티에 역시 삼선 추리닝 바지였다.

"굿모닝. 그런데 도이시, 오늘 드레스 코드 있었냐?"

날다람쥐처럼 잽싸게 현관으로 튀어나온 쪽이 큰 소리로 깔깔댔다. 그 말에 앞치마를 배에 걸친 삼촌과 요리 장갑을 낀 도이시 미켈란이 동시에 우리 쪽으로 성큼성큼 다가왔다. 내가 봐도 민수와 나는 옷차림이 거의 흡사했다. 그렇지만 민수 생각은 다른 것 같았다.

"아니거든요. 저는 MLB 베이직 메가로고 오버핏 반팔 후드티고, 이서랑 삼촌은 그냥 검정 반팔 면티라고요. 완전 달라요."

민수가 어이없다는 듯 입술을 삐죽거렸다. 아닌 게 아니라 삼촌도 나처럼 검정 반팔에 옆에 흰 선이 세 개 그어진 파란색 추리닝을 입고 있었다. 도이시 미켈란 역시 삼촌이 사다 준 것 같은 싸구려 삼선 추리닝을 입고 있었다. 그러니 나름 패션 감각이 뛰어나다고 자부하는 민수가 잔뜩 열받을 만도 했다. 그 상황이 웃겼는지 도이시 미켈란과 쪽이 서로의 바지를 가리키며 키들거리기 시작했다. 쪽은 우리 반 부회장처럼 "아, 개웃겨!"를 연발했다. 그 소란한 틈을 비집고 지유가 들어섰다.

"안녕하세요. 이서 짝 김지유입니다. 처음 뵙겠습니다."

"와우, 드레스 코드 맞네, 맞아. 삼선! 어서 와, 민수 그리고 지유!"

"웰컴, 웰컴. 마이 브라덜스 프렌즈!"

삼촌이 선이 세 개 있는 파란색 실리콘 뒤집개를 흔들며 지유를 반갑게 맞이했다. 지유의 위아래 패션 역시 검정 삼선 반팔 후드티에 파란색 반바지였다. 주변을 한 번 둘러본 지유가 이내 상황을 파악한 듯 "헐!" 하며 웃었다.

"초면에 죄송한데요, 이건 그냥 삼선 아니고요, 아디다스 오리지널 아디컬러 삼선 스트라이프 숏슬리브 후디 블랙이거든요."

그러자 민수가 반색을 했다. 이 오합지졸 패션 테러리스트 같은 삼선 무리들 틈에서 겨우 말이 통하는 패셔니스타를 만난 것 같은 반가운 표정이었다. 민수는 지유를 향해 눈을 찡긋하며 단단하게 말아 쥔 주먹을 들어 올렸다. 지유도 고개를 끄덕이며 자신의 주먹을 힘차게 부딪쳤다. 우리는 그렇게 본의 아니게 현관에 오글오글 모여 코미디 같은 첫인사를 나누었다.

"저 이거, 이모가 싸 줬어요. 친구 집에 갈 때 빈손으로 가는 거 아니라면서."

지유가 하얀 종이봉투 하나를 내밀었다. 집에서 직접 착즙한 것 같은 워터멜론 음료였다. 누가 봐도 열대 지방에서 온 도이시 미켈란을 위한 선물처럼 보였는데, 삼촌은 자기가 더 방방 뛰었다.

"와, 지유 이모님, 킹왕짱이다!"

킹왕짱이라니, 대체 언젯적 유행어인지.

인사를 나눈 뒤 삼촌은 나와 민수, 지유를 내 방으로 몰아넣었다. 아직 점심 준비가 덜 됐다는 이유에서였다.

"우선 주스 마시고 쉬고 있어. 다 되면 내가 부를게."

민수는 침대 끝에, 지유는 책상 의자에, 나는 삼촌이 당근마켓 나눔에서 가져온 동그란 고깃집 의자 위에 걸터앉았다. 어색하면 어쩌나 하는 걱정도 잠시, 민수와 지유는 오랫동안 알고 지낸 친구인 듯 스스럼이 없었다. 나는 안도의 한숨을 내쉬었다.

"지유 넌 욕 잘 안 하는구나? 뉴스 보니까 요즘 애들 말할 때 일 분 이십사 초마다 욕이래. 우리 반도 장난 아냐. 말에 욕을 섞는 게 아니라 욕에 말을 섞는달까. 우리 이서야 뭐, 말도 잘 안 하지만 욕은 더 안 하지. 부끄럽지만 난 지랄 마, 이 정돈 한다.”

'우리 이서'라니, 민수 녀석이 요새 미나리 먹고 미쳤나. 게다가 고해성사까지? 녀석이 저렇게 말주변이 좋은 줄은 오늘 처음 알았다. 그동안 나 때문에 일부러 과묵한 척한 건가?

“알아, 그 정도도 안 하면 완전 밉보일 테니까. 어떨 때 보면 뭔 소린지도 모르고 떠드는 것 같아. 마치 경쟁하듯이. 오죽하면 호모욕쿠스라는 말이 다 있겠냐.”

지유가 상큼하게 웃으며 맞받아쳤다. 역시, 둘은 쿵짝이 잘 맞았다.

짝꿍 지유가 온다니까 삼촌은 여자친구냐며 난리를 쳤다. 그 말에 나도 잠시 생각해 봤지만 지유는 고맙고 든든하고 유쾌한 친구일 뿐 심장 지진을 유발하는 이성은 결코 아니었다. 그건 지유도 마찬가지였다. 나는 지유에게 비상시 전원 버튼을 켜 줄 수 있는 믿음직한 친구, 비밀이 절대 새어 나갈 염려가 없는 대나무숲 같은 친구 그 이상도 이하도 아니었다.

그런데 지유가 민수를 쳐다보는 눈빛은 좀 다른 것 같았다. 민수의 시선 역시 '우리 이서'가 아니라 '지유'한테 거의 고정돼 있었다. 질투가 나기는커녕 둘이 엄청 잘 어울린다고 생각했다. 시기가 매우 빠른 감은 있지만, 그래도 둘이 사귄다면 철저한 비밀보장에 적극적인 응원까지 아낌없이 보태 줄 참이었다.

달그락달그락, 탁탁, 쏴아아, 또깍또깍, 까르르까르르, 개웃겨,

치지직, 꿀렁꿀렁, 굿, 스땁, 큼큼…….

우리 집이 안팎으로 이렇게 소란스러웠던 날이 있었나. 요 근래 나는 방 탈출 게임 1단계를 통과한 듯한 기분을 자주 느꼈다. 사방이 꽉 막혀 그 어떤 소리도 들리지 않는 무겁고 답답한 방을 탈출해 햇살이 살금살금 비껴 들고 주변의 소리가 기분 좋게 넘어오는 그런 방으로의 탈출 말이다. 그것도 혼자가 아니라 여럿이.

이런저런 상상에 흐뭇해하고 있는데 쪽이 부르는 소리가 들렸다.

"중3들, 나와서 라면 먹어!"

밥상을 보자마자 우리는 당황스러운 눈빛을 주고받았다. 갓 끓인 라면이 여섯 그릇 놓여 있을 줄 알았는데 그게 아니었다. 중국집에서 본 쟁반짜장처럼 커다란 쟁반에 라면 면발로 만든 것 같은 잡채가 놓여 있었다. 하긴, 라면 여섯 개 끓이는 데 이렇게 긴 시간이 걸릴 리 없지.

"테이킷 비폴 잇 겟츠 콜드. 디스 이즈 롸면좌압채."

라면잡채라니, 난생처음 보는 요리였다. 과연 요리가 맞기는 한 건지 모르겠지만.

삼촌이 거들었다.

"이서야, 이거, 너 아크라에 있을 때 형이랑 형수가 만들어 줬던 거라는데 기억 안 나지? 채소랑 고기는 송송 채 썰어 볶고, 시금치는 데친 뒤 무쳐. 그런 다음 삶아서 찬물에 헹군 면이랑 라면 수프

첨가한 엄마표 양념장을 넣고 다시 휘리릭 볶는 건데, 이서 니가 유독 잘 먹었대. 당면 구하기가 힘드니까 그 대신 라면잡채로 이서 네 살 때 생일상을 차렸다더라. 형수 레시피를 이시가 완전 세세하게 기억하고 있더라고."

"불어 터져. 얼른 먹어."

쪽이 재촉했다. 쪽은 정말이지 금산 할머니보다 한국말이 더 구수했다. 그 말에 지유가 라면잡채를 포크에 돌돌 말았다. 민수도 지유를 따라 했다.

"뭐냐, 이 신박한 맛의 조화는!"

민수 녀석의 눈이 휘둥그레졌다. 지유도 엄지척을 아끼지 않았다.

그때 도이시 미켈란이 파스타처럼 예쁘게 말아 올린 라면잡채를 얼른 먹어 보라는 듯 내 앞에 들이밀었다. 순간 당황한 내가 오른손으로 입을 가리려는데 눈치 빠른 지유가 결계라도 걸듯 잽싸게 내 두 팔을 낚아챘다. 민수 녀석은 따라 하라는 듯 "아! 아 하란 말이야, 쉐꺄" 하고 협박을 가했다. 나는 어쩔 수 없이 입을 벌리고야 말았다. 그제야 도이시 미켈란이 활짝 웃으며 라면잡채를 내 입에 쏙 넣어 주었다. 나를 향한 고정된 열 개의 눈이 부담스러워서일까, 나도 모르게 고개가 끄덕여지고 양쪽 엄지손가락이 우뚝 섰다.

"와하하!"

이번엔 열 개의 손이 일제히 박수를 쳤다.

"내가 했지만 정말 꿀맛이네. 이거 완전 캄보디아 볶음면 미차야, 미차.”

“야, 쏙, 말은 바로 하자. 나랑 이시가 했지, 너는 요리를 무슨 말로 하냐.”

“삼촌, 쏘옥, 둘 다 매우 캄사합니다. 내 동생 도이서, 많이 드십시오.”

솔직히 맛있었다. 재료도 식감도 다 내가 좋아하는 맛이었다. 그러나 엄마 생각을 하니 가슴이 지진이라도 난 것처럼 쿵쾅거렸다. 더 먹었다간 체할 게 분명했지만, 그대로 수저를 놨다간 열 개의 눈과 손이 나를 가만히 내버려 두지 않을 게 뻔했다. 나는 애써 눈물을 참으며 라면잡채를 흡입했다. 다행인 건 라면잡채가 배부를 정도로 양이 많지는 않았다는 것. 그나저나 민수 녀석, ‘지랄 마’ 빼고는 욕은 안 한다더니 ‘쉐꺄’가 너무 자연스럽게 튀어나왔다.

모두 신바람이 나서 폭풍 먹방을 찍는 바람에 도이시 미켈란의 입은 귀에 걸렸다. 라면잡채에 정신을 빼앗겨 미처 몰랐는데, 조금 전부터 삼촌이 혼자 부엌에서 뭔가를 만드느라 분주한 게 보였다. 아무래도 두 번째 라면 메뉴를 준비하는 것 같았다. 앞치마를 입은 거구의 삼촌이 귀여워 피식 웃음이 났다. 지유도 민수의 귀에 대고 “삼촌 너무 귀엽지 않냐?”라고 속삭였다. 그때 삼촌이 도이시 미켈란을 불렀다.

“이시야, 이리 컴. 아이 니드 유어 빅 헬프.”

그 말에 도이시 미켈란이 빛의 속도로 부엌으로 튀어 갔다. 어처구니없는 콩글리시가 유창한 영어처럼 느껴지기는 처음이었다. 쪽도 슬그머니 일어나 김치 냉장고가 있는 베란다로 나갔다. 뭔가 어수선했다. 셋이 '뭐냐?' 하는 눈빛을 교환하고 있는데, 도이시 미켈란이 김이 솔솔 나는 라면 한 그릇을 받쳐 들고 왔다.

"타다(Ta-da)! 계란똑만두햄취즈김치이롸면!"

도이시 미켈란이 손바닥에 적은 글씨를 흘낏거리며 외쳤다. 동시에 베란다에 나갔던 쪽이 케이크에 불을 붙여 천천히 들고 왔다.

"이서야, 생일 축하해. 너 니 생일도 까먹었지? 삼촌도 몰랐는데 이시가 알려줬어. 완전 찐 누나다, 그치?"

'뭐라고? 아빠도 삼촌도 할머니도 모르는 내 생일을 도이시 미켈란만 알고 있었다고? 그래서 라면잡채에 계란떡만두햄치즈김치라면까지 셋이 작당 모의를 해 준비했다는 거야, 지금?'

나는 얼굴이 붉으락푸르락해졌다. 너무 화가 나서 주체할 수가 없었다.

내 표정의 변화를 가장 먼저 눈치챈 건 도이시 미켈란이었다. 뜨거운 라면 그릇을 상 위에 내려놓고 안절부절못하는 그녀를 보자 심사가 더욱 사나워졌다.

"도이서 동생…… 미안합니다."

뭐가 미안한지도 모르면서 아는 척이라니. 자기가 진짜 내 누나라도 된다는 거야, 뭐야. 전적으로 내 표정 탓이겠지만, 분위기는 점점 더 싸해졌다.

나는 콧김을 내뿜으며 도이시 미켈란을, 아니 라면 그릇을 노려 봤다. 촛불 붙인 케이크를 든 쪽도, 앞치마 끈이 풀린 삼촌도, 두 손바닥을 마주치며 두 번째 메뉴를 기다리던 지유와 민수도 당황 하긴 마찬가지였다.

쪽은 케이크를 들고 다시 베란다로 나갔다. 멀리서 후후 하며 혼자 조용히 촛불을 끄는 그녀의 숨소리가 희미하게나마 들렸다.

"도이서 동생…… 다시 미안합니다."

도이시 미켈란이 내 손을 잡기 위해 팔을 뻗는 순간, 뜨거운 라 면 그릇이 그녀의 허벅지로 쏟아졌다. 손을 거부하기 위해 팔을 휘젓는다는 게 그만 라면 그릇을 쳐 버린 것이다.

뜨거운 것이 허벅지로 쏟아지자 도이시 미켈란의 동공이 두 배 는 더 커졌다. 그런데도 그녀는 차마 움직일 엄두를 내지 못했다. 놀란 삼촌이 앞치마를 벗어 그녀의 추리닝 바지 위에 쏟아진 라면 을 치우고 지유에게 얼른 화장실로 데려가 찬물로 응급처치를 해 주라고 소리 지르지 않았다면, 도이시 미켈란은 언제고 그 자리에 주저앉아 내 덧난 마음을 진정시켜 줄 다음 말을 쥐어 짜내고 있었 을지도 모른다.

삼촌은 구급약 키트를 찾느라 넋이 반쯤은 나가 있었다. 계란떡 만두햄치즈김치라면이 나오고 채 오 분도 안 되는 짧은 시간 동안 벌어진 일이었다. "헐!" 하는 표정으로 멍하니 지켜만 보던 민수 녀석이 기가 차다는 듯 냅다 소리를 질렀다.

"존나 미친놈. 제정신이야? 라면에 독이 든 것도 아니고 갑자기 왜 지랄인데! 이시 누나 다쳤잖아. 화상 입었다고, 쉐꺄."

욕은 안 한다더니, 이젠 쉐끼에 존나까지. 게다가 이시 누나? 나는 주먹을 쥔 채 민수를 노려봤다. 그러자 민수가 "씨발쉐끼! 이게 진짜 처돌았나" 하더니 손바닥을 펴 내 뒤통수를 퍽 소리가 나도록 쳤다. 어찌나 세게 쳤는지 눈앞에서 별이 번쩍번쩍했다.

흥분한 민수한테 제대로 한 대 얻어터지고 나서인지 갑자기 모든 게 낯설게 느껴졌다. 아득했다. 대체 이게 무슨 일인가 싶었다.

순간 욱하고 화가 치민 건 맞지만, 엄격히 말하면 도이시 미켈란한테 화가 난 게 아니었다. 더군다나 그녀를 다치게 할 마음은 추호도 없었다.

나는 "도이서 동생, 미안합니다"를 되뇌이며 쩔쩔매던 도이시 미켈란의 얼굴이 떠올라 도저히 그 자리에 앉아 있을 수가 없었다.

영혼이 다 빠져나간 것 같은 내 표정에 민수도 놀랐는지 내 뒤통수를 가격했던 손으로 이번엔 내 옷자락을 부여잡았다.

"야, 도이서……."

나는 민수의 손을 매몰차게 뿌리치고 그대로 휭하니 밖으로 나갔다.

'기분 진짜 거지 같아. 왜 도이시 미켈란만 나한테 미안하다고 하는 거야. 왜? 대체 왜?'

라면 있슈? 라면 잇슈!

나는 동심 경로당으로 달려갔다. 무서웠다. 집을 냅다 뛰쳐나오기는 했지만, 도이시 미켈란이 많이 데었을까 봐 온몸이 다 떨렸다. 엄마라면 내가 왜 그랬는지 알아주겠지. 또 도이시 미켈란이 미워서 일부러 라면 그릇을 엎은 게 아니라는 것도. 그 정도로 나쁜 아이는 아니었다.

그런데 지금은 형편 무아지경의 철없는 중3이 되어 버렸다. 민수는 둘째치고 삼촌이, 지유가, 쏙이, 도이시 미켈란이 얼마나 나를 한심해할까 생각하니 할머니 황 여사 말처럼 접시 물에 코라도 박고 콱 죽어 버리고만 싶었다.

할머니는 마흔이 넘도록 장가를 못 가는 삼촌더러 종종 "허우대 멀쩡한 게 마흔 넘어서까지 조카네 얹혀사는 한심한 꼴이라니. 나 같으면 벌써 접시 물에 코 박고 콱 죽어 버렸을 거다, 이놈아" 했다.

엘리베이터에 올라 지상과 멀어지기 시작하자 나는 입술을 꼭 깨물었다. 이 엘리베이터가 진짜 우주정거장이라면 얼마나 좋을까. 그래서 구질구질한 나를 버리고 부티 촤르르 흐르는 엘리시움의 주민으로 다시 태어날 수 있다면. 최첨단 럭셔리 우주 도시라면 과거의 기억을 깡그리 지워 주는 장치가 분명히 존재하고도 남을 텐데.

생각 없이 뛰쳐나오느라 지갑은커녕 휴대폰까지 놓고 나왔다는 걸 깨닫자 자포자기하는 심정이 되었다. 정말 갈 데가 없구나. 나는 사다리 뒤의 캠핑용 의자를 꺼내 느릿느릿 폈다. 그것도 두 개 다. 하늘이 더 잘 보이는 쪽에 앉아 늘 하던 것처럼 고개를 한껏 뒤로 젖혔다. 초조함을 달래려 눈을 꼭 감은 채 천천히 숫자를 셌다. 그렇게 나는 까무룩 엄마가 올지도 모르는 꿈속으로 빨려 들어갔다.

꿈인데도 꿈이라는 걸 알게 되는 꿈이 있다. 그 꿈이 딱 그랬다. 분명히 옥상 캠핑 의자에 앉아 잠이 들었는데, 주변을 둘러보니 도이시 미켈란을 닮은 사람들 천지에 조금만 움직여도 땀이 흐르고 현기증이 날 만큼 후텁지근한 날씨였다. 아무래도 아크라 현지의 작은 구멍가게 같았다. 간판은 분명 마트였지만 내 눈엔 노고산동 꼭대기에 자리한 오래된 미니슈퍼보다도 협소하고 구지레해 보였다.

주인공은 아크라에 살던 시절의 어린 나였다. 열 살 정도의 도이시 미켈란은 내 작은 손을 꼭 쥐고 있었다. 무슨 일인지 나는 퉁퉁 부은 눈을 한 채 도이시 미켈란의 옆구리에 찰싹 달라붙어 있었다. 다른 한 손엔 주스 한 병을 꼭 쥔 채. 꽃무늬 원피스를 입고 어디서 주웠는지 모를 작은 천 가방을 대각선으로 멘 도이시가 한 손으로 주섬주섬 돈을 꺼내 음료수 값을 치르려고 하던 그때, 마치 화산이 폭발하듯 우르릉하는 거대한 소리가 울렸다. 마트 뒷집에서 쓰던 낡은 충전 가스통이 폭발한 것이었다.

너무 놀란 나는 그대로 얼음이 되어 버렸는데, 어린 도이시가 더 어린 나를 들쳐 업고는 미친 듯이 달리기 시작했다. 어른 팔보다 더 가느다란 다리로 그렇게 초인적인 힘을 발휘할 수 있다는 게 신기할 정도였다.

폭발 현장에서 어느 정도 멀어졌다고 생각한 순간 긴장이 풀린 탓인지 도이시는 그대로 배수로로 미끄러져 버렸다. 그 동네엔 거터라 불리는 배수로가 곳곳에 있어 조금만 주의를 기울이지 않으면 빠져 버리기 일쑤였다. 황폐한 도로 곳곳에 뚫려 있는, 마치 살아 있는 괴물의 입처럼 크고 더러운 배수로엔 부리가 잘린 채 죽은 닭이 악취를 풍기며 썩어 가고 있었다.

그렇게 도이시의 등에 업혀 쓰레기 섞인 흙더미에 처박혀 있는데, 검고 거대한 남자가 다가왔다. 그는 도이시의 배를 발로 지그시 밟은 채 그녀의 목에 걸린 천 가방을 칼로 잘라냈다. 꼬깃꼬깃 지폐 몇 장과 딸랑거리는 동전이 여러 개 든 천 가방은 그렇게 무시무시한 도둑의 차지가 되었다. 겁에 질린 내가 딸꾹질을 하자 그는 키들거리며 딸꾹질 소리에 맞춰 커다란 발로 땅을 쿵 쿵 쿵 세 번 굴렀다. 도이시가 나를 더 세게 끌어안자 도둑은 침을 한 번 찍 갈기고는 휘파람까지 불며 천천히 사라져 갔다.

그가 저 멀리 사라지자 도이시는 울지도 못하고 다시 나를 추슬러 업었다. 그러나 그 상태로 비스듬한 배수로를 기어 올라갈 수는 없었다. 흙범벅이 된 도이시는 나를 안아 겨우 배수로 위에 올리더니 자신도 기어코 기어 올라왔다. 그녀의 꽃무늬 치마가 걸레처럼 너덜거렸다.

안심할 틈도 없이 도이시는 다시 나를 업고 뛰기 시작했다. 오 분쯤 달렸을까, 엄마, 아빠가 있는 구호단체 건물 대문이 눈앞에 나타났다. 도이시 미켈란이 소리 내어 울기 시작한 것도 바로 그때였다. 그녀는 "이서! 이서! 아임 쏘리, 쏘 쏘리, 이서!"를 외치며 펑펑 울었다. 미안함과 안도감이 뒤섞인 서러운 울음이었다. 그 울음과 함께 나도 꿈에서 깼다.

"어유, 미친놈. 여기 와 있을 줄 알았다, 내가."

뛰어왔는지 숨이 거친 민수였다.

"이서야, 악몽 꾼 거야? 이마에 땀이 흥건해."

걱정 가득한 목소리의 주인공은 지유였다. 민수가 뒤쫓아 올지도 모른다고 생각은 했지만, 이렇게 빨리 나타날 줄은 몰랐다. 게

다가 지유까지.

"이시 언니는 괜찮아. 추리닝에 앞치마까지 두르고 있어서 허벅지를 살짝 덴 정도야."

"지유 니가 응급처치를 워낙 빛의 속도로 잘해서."

역시 지유는 내 감정을 단박에 꿰뚫어 봤다. 그나저나 둘이 아주 애정이 솔솔 돋는구먼.

"이시 언니는 니가 왜 화났는지 알더라. 자기가 생각이 짧았다고 막 자책했어."

도이시 미켈란이 괜찮다는 얘기에 긴장이 풀린 탓인지 지유의 말소리가 흡사 노랫소리처럼 들렸다.

"왜?"

지유에게 캠핑 의자를 내주고 바닥에 철퍼덕 주저앉은 민수 녀석이 내 쪽으로 몸을 틀었다.

"우선 때린 건 미안해. 나도 모르게 그만."

민수가 진심으로 사과했다. 나는 괜찮다는 의미로 고개를 끄덕여 주었다. 맞을 짓을 한 건 맞으니까. 가끔 막말을 퍼붓긴 하지만, 이유 없이 주먹을 휘두르는 녀석은 아니었다.

"나도 싫다, 욱하는 이 성질머리."

'괜찮아. 그 욱하는 성질머리 덕을 톡톡히 본 게 바로 나 도이서잖냐.'

내 눈은 그렇게 말하고 있었지만, 녀석은 때린 것이 계속 마음에 걸렸는지 한동안 내 눈을 쳐다보지 못했다.

"대체 어느 대목에서 화가 난 건데?"

민수는 참지 못하고 재우쳐 물었다. 도대체 이해가 안 된다는 듯한 투였다. 나도 몹시 궁금했다. 도이시 미켈란이 어떻게 내 생일을 기억하고 있는지.

그때 지유가 나를 보고 말했다.

"니 생일 말이야, 아빠가 알려준 거래. 가나에 계시다는 니 아빠 말이야. 대신 축하해 달라고 한 달 전부터 신신당부했대. 삼촌은 이시 언니 띄워 주려고, 그러니까 너한테 잘 보이려고 애쓰는 언니가 안쓰러워서 이시 언니 빼고 니 생일을 아무도 몰랐다며 양념을 친 거고. 라면잡채도 너희 아빠가 부탁한 거라던데? 계란떡만 두 어쩌고 하는 그 라면은 전적으로 삼촌 작품이지만."

"그게 뭐?"

민수 녀석은 공부만 잘했지 머리가 썩 좋은 것 같지는 않았다. "그게 뭐?"라니. 대체 얘기를 어디로 들은 거야. 저렇게 둔해서 연애나 할 수 있으려나. 내가 걱정할 일은 아니지만, 그래도 친구로서 심히 걱정이 됐다.

"딱 봐도 모르겠냐. 이서는 엄마 보내고 아빠까지 떠나서 당최 감당이 안 되는 거야. 엄마 하늘나라 간 것도 힘든데 다들 자기들 멋대로 왔다 갔다……. 나라면 못 견뎠을 거야. 이서니까, 도이서 니까 견딘 거지."

"젠장!"

민수는 외마디 욕을 내뱉고는 고개를 젖혀 하늘을 올려다보았다. 아무리 천하의 지유라도 오늘 처음 만났으니 잘 모를 수 있으리라. 하지만 나는 녀석을 안다. 저 녀석이 눈물을 참으려고 고개를 한껏 뒤로 꺾었다는 걸. 알아도 모른 척, 몰라도 모른 척하는 게 우리의 암묵적인 룰이었다. 그랬던 녀석이 욕쟁이, 수다쟁이가 돼 나타나다니. 그래도 그 밑에 깔린 애틋한 마음 한 자락은 어디 안 간 것 같다.

삼십 초가량 시간이 흘렀을까. 이래저래 마음속 눈물을 다 말려 없앤 것 같은 녀석이 젖혔던 고개를 제자리에 돌려놓았다.

"그런데 지유야, 도이시 누나랑 영어로 대화한 거야? 프리토킹으로?"

'그럼 그렇지. 내 친구 민수가 민수 같은 질문을 놓칠 리 없지.'

나는 속으로 피식 웃었다. 티는 내지 않고 속으로만.

"아니, 쏙 언니가 말해 줬어. 거의 동시통역 수준이었지. 쏙 언니, 충청도 사투리도 진짜 잘해. 한국 처음 와서 일 년 넘게 일한 식당 이름이 한밭할매밥집이었다나 뭐라나. 킬킬킬."

"삼촌이 그러는데 쏙 누나, 당구도 겁나 잘 친대. 어제 같이 쳤는데 자기가 져서 게임값 물었다고. 캬캬캬."

"맞아. 스롱 피아비라고, 캄보디아에서 온 당구 여제 있지? 그 선수가 언니 롤모델이야. 스롱처럼 캄보디아의 자랑이 되고 싶다더라. 자기 고향에 무료 스포츠센터 짓는 게 꿈이라면서."

역시 둘은 티키타카가 좋았다. 그 모습이 싫지는 않았지만, 머릿속이 어질어질했다. 내 생에 이렇게 시끌벅적했던 날이 또 있었을까. 요즘은 정말 뭐가 뭔지 모를 만큼 소란스러운 나날의 연속이다.

엄마가 돌아가시고 아빠가 떠난 뒤 도이시 미켈란이 왔다. 마치 한 세트처럼 쏙도 왔다. 외로운 거구의 삼촌은 한껏 밝아졌고 하루하루 영어가 늘어 갔다. 비슷한 시점에 지유가 짝이 되더니, 도이시 미켈란과의 프리토킹 타령을 하며 민수 엄마가 직접 민수 등을 떠밀어 우리 집으로 보내는 믿을 수 없는 사태도 발생했다.

민수를 자주 볼 수 있다는 게 나는 가장 신기했다. 사실 나는 알고 있었다. 민수 엄마가 나를 되게 싫어한다는 걸.

"계란떡만두햄치즈김치라면이야."

"응?"

민수와 지유의 시선이 동시에 내게로 향했다.

"내가 누나 다리에 엎어 버린 그 라면 말이야. 계란떡만두햄치즈김치라면이라고."

"대체 몇 글자야? 무려 열두 자다, 열두 자."

민수였다. 머리 좋은 녀석이라 열두 자나 되는 이름을 금세도 외우는구나. 삼촌은 "계란떡 다음에 뭐였더라, 뭐였더라, 김치였나 치즈였나" 하다가 급기야 다시 적어 달라며 종주먹이라도 대듯 펜이랑 종이를 들이밀었는데.

"도이서, 너 드디어 누나라고 했다."

지유였다. 역시 아이큐보다 이큐가 더 무섭다. 나도 모르게 내뱉은 말을 재빨리 낚아채 분석에 돌입하다니. 그러나 더 놀라운 건 그다음 말이었다.

"여기 말이야, 내 세컨드 아지트랄까. 우리 할머니 이 경로당 다니거든. 줄이 쳐져 있어서 차마 옥상까지 와 볼 생각은 못 했어. 내가 선을 넘는 덴 영 꽝이라서. 들키면 쫓겨날 각이지만 그래도 이 선이라는 거…… 넘어 볼 만하다야. 너무 예쁘잖아."

지유가 슬그머니 나를 쳐다보았다. '그래도 이 선이라는 거…… 넘어 볼 만하다야. 너무 예쁘잖아.' 이건 분명 나 들으라고 하는 말이었다. 물론 민수는 눈치조차 못 챘겠지만. 그게 또 민수의 매력이었다. 뭐든 액면 그대로 받아들이는 단순함 덕분에 지금까지 별다른 오해 없이 친구라는 끈을 이어 올 수 있었다.

"진짜? 우리 할아버지도 여기 다녀. 와, 우리 인연은 인연인가 보다."

민수는 얼굴에 화색을 띠고 말했지만, 내 얼굴엔 말풍선이 떴다. 지유 할머니 장 여사야 그렇다 쳐도 민수네는 건너편 새 아파트로 이사 갈 때까지만 해도 세 식구가 전부였는데. 그사이 시골 산다던 할아버지가 올라오신 건가.

"할아버지?"

사실 내가 놀란 이유는 할아버지가 아니라 민수 엄마 때문이다.

민수는 할아버지가 하루만 왔다 가도 자기 엄마는 전날부터 이불 쓰고 드러눕는다며, 당장 우중충한 집구석을 탈출해야겠으니 아지트에서 만나자고 카톡을 보내곤 했었다.

"이사 간 아파트 말이야, 노부모특공이라나 뭐라나. 우리 가족이 새집으로 이사하자마자 할아버지가 짐 싸 들고 와서는 내 덕에 당첨된 거니까 오늘부터 삼 년 동안 여기서 살아 볼란다, 그러시더라. 우리 엄마 아빠 완전 기절했지. 할아버지를 너무 쉽게 본 거야. 삼 년 후엔 알아서 요양원 갈 건데, 그 전에 쫓아내면 거짓 특공 신고한다면서 찍소리도 못 하게 했어. 웃겨 죽는 줄."

그렇게 민수네와 할아버지의 기묘한 동거가 시작되었다고. 40평대 새 아파트니 방은 충분했다. 민수 아빠는 눈물을 머금고 자신의 드레스룸을 할아버지의 방으로 급하게 용도 변경했다.

"넌 어때? 할아버지랑 사는 거?"

지유가 물었다.

"엄마랑 아빠는 완전 똥 씹은 얼굴이지만, 난 대박 좋아. 봐라, 이서만큼은 아니지만, 키도 확 컸잖냐. 할아버지도 서울살이 완벽 적응 끝냈어. 취직까지 했다니까. 화, 목, 토는 출근하고 월, 수, 금은 경로당 가고."

그러나 정말 충격적인 소식은 그다음이었다. 오늘따라 왜 이렇게 놀랄 일이 많은 건지, 내 생일이라서 축포 대신 폭탄선언이라도 하는 건가.

"이서야, 이시 언니가 니 생일선물 준비했대. 니 방 책상 위에 놨다더라. 미안, 나는 미처 못 챙겼어. 그리고…… 이건 우연히 들은 건데…… 쪽 언니 목소리가 워낙 크잖니. 너희 삼촌 회사 그만뒀대. 라면집 차린다더라."

"맞아, 나도 들었어. 어제 골목 라면집에서 우연히 만났거든."

"뭐라고? 다시 말해 봐. 뭘 차려?"

순간, 나는 말풍선이 폭발해 그 안의 것들이 마구 흘러나오기라도 한 것처럼 냅다 소리를 질렀다. 정말이지 순식간의 일이었다. 너무 신기해서 비현실적으로 느껴질 만큼. 심하게 놀라서인지 어이가 몽땅 털려서인지는 모르겠으나, 여하튼 내가 생각해도 귀가 아플 만큼 높은 데시벨이었다.

"앗, 깜짝이야. 니가 놀라긴 되게 놀랐나 보다. 득음이라도 하신 줄. 어쨌든 이시 언니, 쪽 언니랑 같이 한다던데? 라면집 이름은 '라면잇슈', 대표 메뉴는 라면잡채랑 계란떡만두햄치즈김치라면."

장례식장을 순례하는 아이

나 김지유, 도이서의 짝이다.

처음 노고산 중학교에 온 날, 담임선생님이 물었지.

"3학년이 학기 중간에 전학을 오는 건 쉽지 않은 일인데, 애썼네. 어떻게 도와줄까?"

"도이서 옆에 앉게 해 주세요."

"도이서? 네가 이서를 알아?"

"네. 우연히요. 이서는 저를 모르지만요."

담임선생님은 더 이상 묻지 않고 고개만 주억거렸다. 그렇게 주먹 꼭 쥐고 입술 꽉 깨물고 어렵사리 용기를 낸 덕분에 나는 노고산 중학교 3학년 4반에 전학 올 수 있었고, 내가 의도한 대로 가장 말수가 적은, 흡사 대나무숲 같은 녀석 도이서의 짝이 됐다.

화재 사건 이후 나는 그야말로 왕따의 신세계를 맛보았다. 쓰다 못해 더 맛봤다간 심각한 독성으로 인해 그대로 골로 갈 것만 같은 그런 맛이었다. 그 무엇도 할 수 없는 무기력한 오프 상태가 되었다는 걸 아무도 믿어 주지 않았다.

하여 전학을 결정한 것도, 전학 갈 학교를 정한 것도 모두 다 나 김지유 혼자서 한 일이었다. 다행히 아빠는 묻지도 따지지도 않고 전학동의서에 일필휘지로 사인을 해 주었다. 이쯤 되면 눈치채셨겠지만, 나는 엄마, 아빠와 같이 살지 않는다. 중학교 1학년 때 부모님이 이혼했고 각자 몇 개월 차로 재혼해서 아주 잘 살고 있다.

처음엔 둘 중 한 집을 선택해 따라가려고 했다. 그러나 나만 보면 '우리 집에 올 생각은 꿈에도 하지 마라. 제발 니 아빠 따라가라'는 눈빛을 마구 쏘아대는 새아빠는 역겨웠고, 세상 착한 척하며 "같이 살면 좋지. 니가 쌍둥이도 봐주고. 알지? 난 엄청 바쁜 사람이잖니" 하고 대놓고 나를 베이비시터 취급하는 새엄마는 소름이 돋았다. 이도 저도 다 끔찍해서 차라리 보육원에 간다고 했더니 할머니와 큰이모가 고등학교 졸업할 때까지만 데리고 있겠다며 울며 겨자 먹기로 나섰다.

노고산동의 낡은 아파트 전세는 엄마와 아빠가 더치페이로 구해 주었다. 전세금을 정확하게 반으로 갈라 똑같이 부담했다는 뜻이다.

이제 도이서를 처음 만났을 때 이야기를 해 보련다. 내가 카톡에 뱀포(bamboo forest)라고 저장해 놓은 녀석, 도이서와의 첫 만남은 장례식장에서였다. 아이들에게는 내 아지트가 동심 경로당 옥상이라고 둘러댔지만, 진짜 아지트는 다름 아닌 장례식장이다. 아니, 아지트가 아니라 숨을 곳이라는 표현이 더 잘 어울릴 수도 있겠다.

장례식장 순례가 시작된 시점은 엄마, 아빠의 이혼 직후였다. 나는 엿 같은 감정을 풀 데가 없었다. 친구라곤 경서 하나였는데 그 앤 뭐랄까 좀 묘했다. 친구인 듯 친구 아닌 친구 같은 아이랄까. 같이 분식을 먹을 때 내가 덜어 준 음식은 젓가락도 대지 않았다. 그렇다고 싫다는 소리도 안 했다. 더 최악인 건 엄마, 아빠의 이혼 얘기를 털어놨다간 삽시간에 소문을 퍼뜨릴 것 같은, 불쾌한 의구심이 항상 존재하는 그런 아이였다.

솔직히 말하자면 친구들이 있는 교실이 점점 무서워졌다. 하루 종일 불안했고, 수시로 심장이 덜컹거렸다. 언제라도 마음껏 울 수 있는 안전지대가 내겐 무엇보다 절실했다. 그래서 내가 장례식장을 선택하는 기준은 '가장 슬퍼 보이는 빈소'였다. 지극히 주관적인 기준이었지만 내 시력은 본능적으로 알아보았다. 상주의 눈이 진정으로 슬픔 가득한 눈인지, 아니면 슬픔을 가장한 홀가분함이나 기쁨 같은 것인지 말이다.

첫 번째 장례식장은 아이러니하게도 지금은 새아빠가 된 그 인간 때문에 알게 됐다. 새아빠는 이름을 대면 제법 알 만한 신문사의 기자였는데, 저녁을 먹자고 불러 놓고 자기 얘기만 주야장천

해 댔다.

"니 생일이 내일이기도 하고, 내일 취재 준비도 해야 해서 겸사 겸사 불렀다. 엄마도 그러라고 하더라. 내일 장례식장 취재를 가 야 하거든. 꽤 이슈가 될 만한 건이 하나 있어서."

그곳엔 4·16 세월호 참사 의인이라 불리던 청년이 잠들어 있었 다. 그런데도 새아빠란 인간한테는 이슈가 될 만한 건에 불과했다.

칠 년이 훨씬 지난 일이었지만, 그 청년은 그날의 트라우마로 약 이 없이는 제대로 잠을 이루지 못하는 밤이 허다했다. 실제로 여러 학생을 구했고, 또 온몸이 불어 터져 찢어지기 일보 직전까지 학 생들을 구하고자 온 힘을 바쳤던 사람인데, 의인인데, 더 많은 목 숨을 구하지 못한 것이 한이 돼 지독한 트라우마에 시달렸다니.

세월호 참사 7주기 뉴스가 나오던 날, 그는 쓰나미처럼 밀려오 는 죄책감을 견디지 못한 채 괴로워하고 있었다. 그런데 윽, 하고 쓰러지더니 온몸이 파래지기 시작했다고. 급작스러운 심장 발작 이었다. 구급차가 도착해 전기충격과 심폐소생술을 시도했지만 소용이 없었다고 했다.

기름기가 번지르르한 새아빠가 트렌치코트를 휘날리며 장례식 장을 나서는 순간, 나는 마스크를 쓰고 조심조심 그곳으로 들어갔 다. 처음 장례식장 순례를 선택한 건 종류는 다르지만 슬픔을 공 유하고 다시 살아갈 힘을 얻고자 한 것이었으나, 이곳은 오지 않 고는 배길 수 없어 왔다는 표현이 더 맞을 것 같았다. 그랬다. 새아

빼는 요점만 간단히, 매우 드라이하게 들려줬지만, 그런데도 나는 함박스테이크 위에 눈물을 주르륵 쏟았다.

"선물 없다고 우는 거야? 그래서 그렇게 널버스(nervous)된 거야?"

차가운 바닷속에서 몸이 부서질 때까지 생면부지의 학생들을 구하고도 트라우마에 시달리는 분도 있는데, 엄마는 외려 자기가 낳은 딸을 차가운 바닷속으로 밀어 넣고 있었다.

나는 새아빠란 인간의 알량한 본심을 진심으로 사과하고 싶었다. 세상을 대신해 온몸으로 조의를 표하고 싶었다. 다행히 뉴스 부고란을 보고 멀리서 찾아온 사람들이 꽤 있는 듯 나를 이상하게 보는 눈길은 없었다.

사진 속 의인이라 불렸던 그분의 바싹 마른 얼굴을 보는 순간, 심장이 먹먹해서 아예 멈춰 버린 게 아닌가 싶을 정도로 온몸이 아득했다. 너무 바닥으로 꺼져 버린 탓인지 막상 장례식장에선 눈물도 나오지 않았다. 손이 너무 떨려 입술을 꼭 깨물고 헌화를 했다. 그러고는 뒷걸음질로 물러서려는데 상주인 듯한 아주머니가 내 손을 있는 힘껏 부여잡았다.

"누군지 모르지만, 우리 아들 가는 길 배웅해 줘서 고마워요."

"죄송해요. 그냥 다 죄송해요."

뜨거운 눈물이 교복 치마 위로 떨어졌다. 아주머니가 상복 옷소매로 내 눈물을 닦아 주었다.

"왜 학생이 죄송해. 이렇게 찾아와 준 것만 해도 고마운데."

아주머니는 흑, 하고 참았던 눈물을 터뜨렸다. 아니, 장례식장이 도미노처럼 온통 울음바다가 됐다. 나는 두 손으로 얼굴을 감싸 쥔 채 장례식장을 뛰쳐나왔다.

그 뒤로 장례식장 순례는 그만두려고 했다. 너무 철없는 짓 같았으니까. 그러나 마음 둘 곳 없는 내가 온전히 위로받을 수 있는 곳은 심리상담센터도 정신과도 아니었다. 장례식장이었다.

선생님도 친구들도 자기들 멋대로 하루아침에 나를 사이코패스로 전락시켜 버린 그날, 나는 습관처럼 새로 구한 노고산동 할머니네 집에서 가장 가까운 신촌 연세대학교 장례식장을 찾았다.

순서로 치자면 다섯 번째 장례식장이었다. 나보다 더 슬픈 눈을 보지 않고서는 견딜 수 없을 것 같았기에. 그렇게 허겁지겁 찾아간 곳이 바로 이서 엄마의 빈소였다. '국경없는아동구호 한국지사 일동'이라고 써진 근조 화환이 유난히 내 눈에 띄었다. 화환 옆 철제 의자에 앉아 숨 고르기를 하고 있으려니 사람들의 드나듦이 한눈에 보였다. 신촌 장례식장 16호실이었고, 입구 배너에는 고인(故人) 모자연, 상주 부(夫) 도규현, 자(子) 도이서라고 적혀 있었다.

2.0을 자랑하는 시력 덕분인지 하얀 국화로 장식한 제단 옆에 오도카니 서 있는 또래 남자아이도 제법 잘 보였다. 그 옆에 아빠인 듯 보이는 중년의 남자가 무릎에 얼굴을 묻고 앉아 있었다. 누

가 봐도 가시나무처럼 물기 없이 마른 몸이었다.

　조문객이 왔는지 아빠와 아들이 엉거주춤 자리에서 일어나는 게 보였다. 세팅 파마에 염색을 한 아주머니와 금테 안경을 쓴 아저씨, 그리고 도이서의 친구로 짐작되는 뒤통수가 잘생긴 남자아이였다. 셋은 절을 하는 대신 헌화를 했다. 묵념이 끝나자 금테 안경 아저씨가 상주 아저씨의 손을 잡고 뭐라 뭐라 위로의 말을 전하는 것 같았다. 그러고는 식사도 거른 채 서둘러 장례식장을 빠져나갔다.

　조문객이 돌아간 뒤 도이서라는 아이는 주방이 있는 간이 담벼락 아래 쭈그리고 앉아 휴대폰에 눈을 고정시켰다. 그런데 녀석의 휴대폰은 새까맸다. 아무것도 하고 있지 않았다. 오랫동안 터치가 없어 바탕화면도 꺼진 그런 상태였다.

　급기야 눈물이 터져 버린 나는 화장실로 달려갔다. 오늘 처음 본 도이서라는 아이 때문에 우는 건지, 내 처지가 한심해서 우는 건지 알 수는 없었지만, 걷잡을 수 없을 만큼 줄줄 쏟아지는 눈물에 나는 세수를 하고 코를 풀었다.

　몇 명의 사람들이 화장실로 들어오는 소리가 들려 나는 급히 첫 번째 칸으로 들어갔다. 그런데 그들이 나누는 거지 같은 대화가 내 귀를 잡아당겼다.

　"그 예쁘장하게 생긴 애가 아들 맞지?"

　"응, 아들 맞아."

"그나저나 뭔 애가 그렇게 멀쩡해? 설마 새엄마야?"

"아닐 거야. 규현 선배 이혼했다는 소리 못 들었어."

"어유, 나 죽으면 우리 아들도 저렇게 게임만 하려나."

"충격이 너무 심했나."

"말도 안 돼. 쇼크받은 애가 손에서 휴대폰을 놓질 않나. 박 주임 아들이랑 쟤랑 같은 반인데 좀 이상하대."

"그럼 중3인가? 박 주임 아들 중3이잖아."

"응, 노고산 중학교 3학년 4반. 여하튼 친구도 없고 네, 아니오 빼곤 말도 거의 안 한다더라."

"게임 중독 맞네. 어유, 속 터져."

나는 기가 막혔다. 자기들이 뭘 안다고. 울고불고해야만 슬픈 거야? 소리소리 질러야만 아픈 거냐고! 그 이별이 어떤 형태이든, 죽음이든 이혼이든 전학이든, 충분히 준비할 시간도 갖지 못한 채 벼락처럼 맞이한 이별이라면, 그 충격에 작은 가슴이 어떻게 찢길 수 있는지 저들은 짐작도 할 수 없을 것이다.

재수 없는 인간들 같으니라고. 나는 요란한 문소리를 내며 화장실에서 나왔다. 그러자 두 여자가 "어이쿠! 사람 있는 줄 몰랐네" 하며 각자 화장실 칸으로 흩어졌다.

물론 큰 소득도 있었다. 도이서라는 아이가 노고산 중학교 3학년 4반이라는 완전 알짜 정보를 얻었으니까. 저 아이가 있는 노고산 중학교 3학년 4반에 티오가 있다면 이건 정말 하늘이 준 기회가 아닐 수 없다.

실컷 울고 나서인지 머릿속의 미세먼지가 조금은 걷힌 기분이었다. 노고산 중학교 3학년 4반을 곱씹으며 복도로 나온 나는 다시 16호실 앞으로 갔다. 다행히 부의금을 받는 16호실 입구의 데스크는 비어 있었다. 담배를 피우러 갔거나 화장실에 갔겠지.

나는 잰걸음으로 다가가 3만 원이 든 봉투를 부의함에 넣었다. 이번까지 총 다섯 번의 장례식장을 다녔지만, 조의금을 내는 건 두 번째였다. 친구가 되기로 마음먹었으니 당연한 일 아니겠는가. 나에게 3만 원이란 돈은 전 재산이라고 해도 과언이 아니었다. 이모가 주는 일주일 치 용돈이 딱 3만 원이었으니까.

교복을 입고 오지 않은 게 천만다행이었다. 그랬다면 단박에 눈에 띄었겠지. 나는 붓펜을 열어 방명록 끄트머리에 세로로 김지유라고 썼다. 언젠가 도이서에게 오늘의 일을 들려줄 날이 있겠지. 적어도 나는 너의 슬픔을 알고 있었노라고. 얼마나 참고 있는지, 얼마나 꾹꾹 눌러 담았는지 휴대폰을 잡은 손등에 튀어나온 핏줄만 봐도 짐작 가능하다고.

나는 화환이 있는 쪽으로 물러 나와 조용히 묵념을 했다. 장례식장 안으로 들어가 헌화를 할 순 없었지만 그래도 묵념은 해야 할 것 같았다.

'이서 어머니, 나쁘게 생각하지 말아 주세요. 제가 너무 슬퍼서 그랬어요. 누군가 슬픔을 같이 나눌 사람이 필요한데 제 주변엔 아무도 없거든요. 털어놓을 사람이요. 친구라고 한 명 있었는데 제가 다 망쳤어요. 이젠 친구가 아니라 원수가 되어 버렸답니다. 엄마, 아빠 이혼에 친구까지, 저 너무 무섭고 겁이 나요. 그렇지만 아시죠? 할머니랑 이모한텐 미안해서 입도 뻥끗 못 할 것 같아요. 들어주셔서 감사해요. 이 은혜 꼭 갚을게요. 이서와 꼭 좋은 친구가 되겠습니다, 이서 어머니. 부디 하늘에서 편안하세요.'

이서는 쉽사리 곁을 내주는 아이가 아니었다. 짐작은 했다. 그 마음을 너무 잘 알기에 충분히 시간을 줄 요량이었다. 그렇다고 해서 마냥 기다릴 수는 없었다. 무엇보다 효과적인 밑당이 필요했다.

나는 이서 어머니에게 약속했다. 이서에게 좋은 친구가 되겠다고. 그러려면 이 정도의 수고는 껌이다. 노고산 중학교, 그것도 3학년 4반 도이서가 있는 반으로 전학을 온 것만 봐도 이서 어머니가 나를 적극적으로 도와주고 있다는 걸 알 수 있었다. 그 믿음과 응원에 보답하는 건 인간이라면 당연히 해야 할 보은이 아닐 수 없다.

첫 번째 전략은 급식을 같이 먹는 것. 라면 한 그릇도 혼자 먹으면 맛이 없다. 모두 무슨 트렌드나 되는 것처럼 혼밥, 혼술, 혼영 타령이지만 나처럼 엄마, 아빠가 있는데도 허구한 날 혼밥, 혼라면, 혼티비를 하는 아이라면 그건 트렌드가 아니라 벌이다.

친엄마, 친아빠와 같이 살던 시절, 아니 같이 살긴 했지만 따로 사느니만 못했던 그 시절, 할머니가 가끔 찾아와 저녁 밥상을 차려 주곤 했다. 하지만 밥을 먹는 건지 할머니의 한숨을 먹는 건지 알 수 없었기에 차라리 혼밥이 낫다고 생각했다. 그때도 개인병원 업무과 직원인 이모는 저녁 여덟 시나 되어야 퇴근을 했기에 같이 저녁을 먹을 기회조차 잡기 어려웠다.

겨우 월차를 낸 이모와 함께 노고산 중학교에 처음 간 날, 담임 선생님은 특별히 학교 곳곳을 소개해 주었다. 급식실에 들어선 나는 빠른 속도로 내부를 스캔했다. 자주 혼밥을 먹는 사람들의 특징은 혼자 앉았을 때 가장 편한 자리를 본능적으로 찾게 된다는 것이다. 그런 내게 커다란 기둥 자리는 그야말로 로또였다. 저기에 나란히 앉으면 주변의 시선을 최대한 적게 받을 수 있겠다 싶었다.

우선 점심을 같이 먹자고 제안했을 때 흔들리던 이서의 눈빛을 나는 놓치지 않았다. 남의 눈에 띄어 자신의 이야기가 급식 반찬이 되느니 혼밥이 낫겠다는 표정이었다. 나는 원래 눈치가 빠른 편이 아니었다. 그런데 경서를 알고부터, 엄마, 아빠가 이혼을 하고부터 달라질 수밖에 없었다. 눈치가 빨라진 게 아니라 눈치를 볼 수밖에 없는 아이가 된 것이다.

"내가 누구니. 급식실 미리 보고 왔어. 주황색 큰 기둥 앞에 나란히 앉으면 돼. 그럼 눈에 거의 안 띄어. 걱정 마."

이 말을 덧붙이자 그제야 이서의 눈빛이 편안해졌다. 너, 내가 얼마나 노력했는지 알면 나중에 고마워서 펑펑 울지도 몰라. 나는 속으로 이렇게 되뇌었다.

하자는 대로 따라오기는 했지만, 그렇다고 나를 완전히 믿는 것 같지는 않았다. 조금 지쳐 갈 무렵 감사하게도 교생선생님 사건이 터졌다. 너무 당황해서 파랗게 질린 이서를 생각하면 감사한 일은 아니지만, 그래도 서로 마음을 터놓을 계기가 마련된 셈이니 내겐 더할 나위 없이 감사한 일이었다.

그 서슬 퍼런 분위기를 뚫고 이서는 그런 애가 아니라는 항변을 하는 내내 얼마나 떨렸는지 아무도 모를 거다. 나중에 보니 볼펜을 쥔 손이 흥건해질 정도로 땀투성이였다. 이서 어머니를 생각하며 저 밑바닥에 고여 있는 용기까지 최대한 끌어모을 수 있었다. 처음 만났을 때 실컷 울 수 있도록 어깨를 빌려준 것처럼 이번에도 이서한테 유리한 방향으로 상황이 종료될 수 있도록 도와줄 거라는 믿음 말이다.

믿음이라는 건 그 어떤 보약보다도 대단한 힘을 발휘하는 것 같다. 그걸 친부모한테 구하지 못하고 하늘나라에 있는 친구 엄마에게 얻어야 한다는 게 슬픈 일이긴 하지만.

키 컸으면, 더 컸으면

나 하민수, 도이서의 불알친구다. 굳이 불알친구까지 들먹이지 않아도 이서한테 친구는 나 하나뿐이지만.

우리는 둘 다 라면을 좋아한다. 특히, 편의점 컵라면.

라면 얘기가 나와서 말인데…… 올해 77세인 우리 할아버지는 동심 경로당에서 자신이 7호봉이라고 했다. 7호봉은 군대로 치면 '일병'에 해당하는 계급이란다. 옛날 옛적 군대에선 일병 정도는 돼야 라면을 끓여 먹을 수 있는 자격이 부여됐다고 했다.

할아버지의 경로당 계급이 일병이라니, 그것참 다행이다. 내 생각에 그 누구의 눈치도 보지 않고 기분 내키는 대로 라면을 끓여 먹을 수 있다는 건 대단한 권력이니까.

동심 경로당 7호봉답게 중간중간, 틈틈이, 군데군데, 사이사이 "내가 말이야", "그때는 말이야"가 튀어나오는 소위 옛날 사람이지만, 키만큼은 요즘 젊은 친구들과 어깨를 나란히 한다. 언뜻 봐도

175센티미터는 넘는 것 같았다. 할아버지의 유전자 덕분인지 아빠도 176센티미터는 됐다. 돌아가신 할머니는 158, 엄마는 163센티미터이고.

할아버지는 아빠의 키를 못마땅해했다.

"민수야, 나는 쟈가 180은 훌쩍 넘을 줄 알았다. 늙은이인 나도 키가 178인데 자식이 나보다 작다니, 말이 되냐. 성질이 못돼 먹어서 키가 덜 큰 게 분명하지 뭐냐."

할아버지는 눈 하나 깜짝하지 않고 자신의 키가 178이라고 거짓말을 했다. 무슨 연예인도 아니고 딱 봐도 174에서 175인데 어떻게 저렇게 태연하게 '구라'를 치는 건지 신기할 따름이었다.

문제는 나, 하민수의 키가 작년까지만 해도 166센티미터밖에 안 됐다는 것이다. 요 몇 개월 사이 갑자기 콩나물처럼 쑥쑥 커서 170.5센티미터가 되긴 했지만, 이대로 성장이 멈추는 불상사가 발생할까 봐 여전히 큰 걱정이다.

그래도 대한민국 중3 남학생 평균 키로 알려진 170이 안 돼 남모르게 속을 태웠던 때를 생각하면 불행 중 다행이긴 하다.

"너보다 작은 애들도 수두룩하잖니."

이런 위로는 안 하느니만 못하다. 그렇게 따지면 대한민국의 모든 중3, 아니 지구상에 발 딛고 사는 모든 인간은 걱정거리가 하나도 없어야 옳다. 태어나면서부터 비교질에 상대평가부터 가르쳐 놓고 불리하면 너보다 더 못한 사람을 생각하라는 궤변을 늘어놓는 무식함이라니.

내가 이서만 만나면 득달같이 편의점으로 달려가 라면 허기를 채우는 것도 바로 요 요 요 요 키 때문이다. 지금도 평일에는 라면이나 햄버거 같은 인스턴트 음식은 일부러 안 쳐다본다. 내게 '안 쳐다본다'는 건 '참는다'의 또 다른 말. 다들 알지 않나, 인스턴트가 얼마나 맛있는지!

햄버거는 그래도 참을 만하다. 샌드위치로 50퍼센트 정도는 충족이 되니까. 그러나 라면은 대체 불가다. 돼지 뼈를 밤새 고아 만든 진한 육수에 또 몇 날 며칠 치댄 생면을 넣어 끓였다는 그 비싼 라멘도 소용없다.

그러니 편의점에서 풍겨 오는 컵라면 냄새만으로도 가슴이 설렐 수밖에. 물 붓기 전에 달걀 하나 깨뜨려 넣으면 금상첨화인데. 전자레인지에 일 분 정도 돌려주면 더 좋고. 물론 일 분을 통으로 돌리면 국물이 넘칠지도 몰라. 삼십 초 돌리고 다시 삼십 초 돌려야지. 국물이 뽀르르 넘치려는 순간 정지 버튼을 누르는 게 핵심이라니까. 그러려면 전자레인지 앞을 사수해야 하고말고. 맛있는 라면은 타이밍이니까. 그러고 보면 라면도 키랑 똑같군. 둘 다 중요한 건 타이밍이다. 급성장기를 놓치면 수억 원을 쏟아부어도 키는 더 이상 자라지 않으니까 말이다.

상대적인 키작남의 고민은 겪어보지 않은 사람이라면 입도 뻥긋 말아야 한다. 중1 때야 그렇다 쳐도 중2가 되자 욱하는 빈도가 장난 아니게 높아졌다. 돌아가신 할머니와 엄마의 유전자만 몰빵으로 물려받은 건 아닌가 싶어 "아, 씨팔!" 저절로 욕이 튀어나왔다.

그중에서도 가장 스트레스였던 건 엄마, 아빠였다. 진작에 성장 호르몬 주사를 맞혔어야 했다. 내 유전자가 아니라 당신 키 유전자가 문제야. 헐, 내가 아니라 당신 어머니 유전자겠지. 공부만 시키지 말고 제발 열한 시 전에 재워라. 그럼 공부 잘하는 애들은 다 난쟁이똥자루냐. 둘은 서로 물어뜯기 바빴다. 내가 공부를 좀 잘했기에 망정이지 성적마저 형편없었다면 두 분은 나를 멀리 내다 버렸을지도 모른다.

의사선생님의 처방도 절망스럽긴 마찬가지였다. 성장 정밀검사 결과 176까지 클 수도 있는데, 그러려면 아래 세 가지는 꼭 지켜야 한단다. 성장판을 자극하는 근육 운동, 뼈와 근육의 성장을 돕는 균형 잡힌 영양 공급, 성장호르몬 분비를 촉진하는 밤 열 시 전 취침.

176이 나의 최종 키라니! 더 절망스러운 건 176도 마음대로 되는 게 아니라는 거다. 운동은 귀찮지만 하면 된다. 열 시 전에 자는 거야 그 누구보다도 내가 원하는 바이니 나는 대만족. 물론 엄마 입장에서는 통탄할 일일 거다. 지금도 유명 인강 하나라도 더 듣게 하려고 안달복달인데.

제일 신경 쓰이는 대목은 균형 잡힌 영양 공급이다. 이건 "라면 먹지 마!"라는 말을 그럴싸하게 돌려서 한 거라고 본다. 키 성장을 방해하는 음식 중 1위가 인스턴트식품이고, 인스턴트식품 중 1위가 단연 라면이니까. 균형 잡힌 어쩌고 할 때부터 나는 가슴이 무너지는 것 같았다. 이삼 주에 한 번 이서와 먹는 컵라면 타임도 난리인데, 이제 그마저도 못 하게 생겼다.

엄마는 이서를 싫어했다. 말주변도 없고 늘 우중충한 얼굴이라 보고 있으면 기분이 별로라고 했다.

"네거티브한 사람, 정말 짜증 나. 이서의 시커먼 먹구름이 너한테 달라붙을까 봐 내가 진짜 한걱정이다."

와, 어이 털려. 이 동네에서 제일 부정적인 사람을 꼽으라면 단연 우리 엄마, 아빠일 텐데. 스스로를 몰라도 너무 모르는 것 같다.

컵라면도 컵라면이지만 이서는 나한테 '멍 때리기' 같은 존재다. 같이 있으면 무중력 상태의 우주에 둥실 떠 있는 것 같은 기분이랄까. 물론 무중력 상태를 경험해 본 적은 없지만. 그런데 엄마는 인스턴트 컵라면과 이서를 동급으로 본다. 둘 다 내 키 성장에 유해하다고 생각하는 것이다. 기가 차다 못해 욕이 다 나온다, 정말.

이서가 일반고로 진학할 거라는 얘기를 들은 뒤로는 수준 차이 운운하며 무시하는 발언도 서슴지 않았다.

이서 엄마 장례식장에 간 것도 주변의 시선을 엄청 의식해서였다. 유치원 때부터 알고 지낸 동네 이웃이니 경사도 아닌 애사를 모른 척할 순 없었겠지.

엄마는 "사회생활을 잘하려면 경사보다 애사는 꼭 챙겨야 해"라고 강조해 왔다. 젠장, 누군가의 애사로 사회생활을 잘하나 못

하냐가 판가름 난다는 걸 나는 엄마를 통해 알게 됐다. 정말이지 뒷맛이 영 개운치 않다.

그런데 얼마 전 아프리카 가나 아크라에서 도이시 미켈란 누나가 이화여대 교환학생으로 왔단 얘기를 듣고는 그간의 태도가 백팔십도 바뀐 것이다.

"이화여대 교환학생으로 올 정도면 똑똑한 거 맞지? 가나 언어가 영어랑 토착어니까 안 봐도 영어는 수준급일 거고. 가서 프리토킹 좀 해 봐. 특목고 가려면 리스닝이랑 회화도 중요하잖냐. 그동안 영어 공부하느라 돈 들인 거 뽕 좀 단단히 뽑을 겸."

아프리카 영어가 엄마가 좋아하는 미국식 영어와 다를 수 있다는 걸 알고나 하는 소린지. 연음 천지인 미국식 영어는 자신 없지만, 동남아 영어는 대강 알아듣겠다며 거리낌 없이 무시하는 말을 하는 엄마는 언제나 늘 항상 하나만 알고 둘은 모른다. 사실 그건 아빠도 마찬가지였다. 오죽하면 할아버지가 한숨을 푹 쉬며 이렇게 말했을까.

"내 자식이지만, 참 재수 똥이다. 둘이 아주 한 쌍의 바퀴벌레 같구나, 바퀴벌레."

내가 욕을 곧잘 하는 게 아빠, 엄마의 유전자 협공 덕분이라는 걸 두 분은 알까. 평소엔 장난 아니게 고상한 척, 많이 배운 척, 아량 넓은 척 가식을 부리지만, 부부싸움이라도 할라치면 금세 본성이 튀어나온다는 걸. 한 번만 들어도 기분이 '졸라' 나쁜 거친 말들이 핑퐁 게임이라도 하듯 마구 날아다닌다. '년, 놈, 씨' 자가 들어간 극도로 천박한 욕은 아니지만, 그래도 들으면 영락없는 '마상각'(마음의 상처를 입을 만한 판세)이다.

그런데 할아버지가 왔다. 그것도 짐을 꾸려 삼 년 동안 살러 온 것이다. 엄마, 아빠의 얼굴은 그야말로 똥이 됐다. 노부모특공만 아니었어도 두 분은 어떻게든 할아버지를 시골로 다시 내려보냈을 것이다. 그러나 할아버지는 그렇게 순진한 옛날 노인이 아니었다. 다 계획이 있었다.

"봐라, 민수야. 느이 엄마, 아빠가 노부모특공 덕에 이 아파트를 떡하니 장만한 거 아니겠냐. 요양원 갈 돈 빼고 나머지 재산은 이미 몽땅 다 털어 줬고. 음, 노부모특공…… 그게 뭐냐면 말이야, 만 65세 이상 직계존속을 삼 년 이상 동일 주민등록상에 등록해 부양한 무주택 세대주에게만 지원 자격이 주어지는 그런 특혜인 거지. 그러니 내가 삼 년 동안 여기 못 있을 이유가 뭐겠냐. 진작 같이 살았어야 했는데 주민등록만 홀랑 빼 가고 유령처럼 살았으니 이제라도 실제로 살아 줘야지, 겨, 아녀?"

공주 유구에서 올라온 할아버지는 말끝마다 '겨, 아녀?' 하고 물었다. 그러면 나는 '겨요' 하고 격하게 고개를 끄덕여 주었다. 유치하지만 웃겨 보려고 진짜로 기는 시늉을 한 적도 있다. 할아버지가 물어보는 건 언제나 '겨'지, '아녀'는 없었다. 틀린 말은 절대 안 하는 분이었다. 그래서 엄마, 아빠가 더 싫어하지만.

짐을 꾸려 처음 우리 집에 들이닥친 날, 아빠의 표정과 엄마의 얼굴색은 그야말로 파랗다 못해 푸르뎅뎅했다. 얼마나 고소했는지 이루 말할 수가 없었다.

"아버님, 이렇게 사전 논의도 없이 올라오시면 곤란하죠."

"아빠, 갑자기 왜 그래? 벌 농사는 어쩌고 이렇게 오신 거예요?"

그러자 할아버지가 너털웃음을 터뜨리며 이렇게 말했다.

"민수 애비 니가 벌 걱정까지 다 하고. 그렇게 걱정되믄 진작에 한번 내려오지 그랬냐. 글구 민수 에미야, 내 주민등록은 뭐 사전 논의하고 떠 갔냐."

나는 너무 웃겨서 하마터면 데굴데굴 구를 뻔했다. 고소했다.

삼 년 동안의 계획을 알차게 세운 할아버지는 제일 먼저 경로당 검색부터 했다. 그러고는 가끔 하굣길에 데리러 오라고 했다. 눈치 제로인 나는 대뜸 "왜요?" 하고 물었다. 경로당에서 아파트까지는 불과 십 분 거리였다. 혼자 못 올 만큼 멀지도 험하지도 않았다. 게다가 그 시간쯤엔 보는 눈이 많아 옥상 아지트에 맘대로 출입할 수도 없었다. 나한텐 도움되는 게 1도 없는 제안이었다.

"손주가 한 번씩 데리러 와 줘야 아, 저 노인네는 그나마 대접받고 사는구나, 소리를 듣는 겨. 한마디로 폼 나는 거지. 좋다, 한 번 올 때마다 만 원 어떠냐. 뭐 없는 시간 일부러 쪼개서 올 건 없고 여유 될 때 바람처럼 들러 봐, 어디. 마지막으로 우리 둘이 거시기한 건 비밀보장 철저히 해야 혀. 겨, 아녀?"

"오케이, 콜요."

나는 할아버지에게 이서 이야기를 자주 했다. 가식적인 엄마, 아빠와 함께 장례식장에 간 이야기도 세세하게 들려줬다. 할아버지가 온 뒤로 말은 많아진 반면 거친 말은 줄었달까. 아직도 완전히 비속어, 은어 사용을 박멸한 건 아니지만, 할아버지의 선한 영향력은 서서히 힘을 발휘하기 시작했다.

비 온 뒤 들풀처럼 키가 큰 것도 바로 그 시점이었으니까. 할아버지 때문에 키가 컸다는 걸 증명할 순 없지만, 그냥 내 심증이 그랬다. 의사선생님도 입에 침이 마르도록 강조하지 않았는가. 스트레스가 없어야 성장호르몬 분비가 원활하다고. 반드시 특목고에 가야만 하는 서글픈 중3인지라 심리적 부담감이야 일상다반사이지만, 가슴속 응어리 같은 걸 할아버지한테 털어놓고 난 뒤로는 꿀잠을 자는 날이 많아졌다.

"할아버지, 키가 더 안 클까 봐 걱정이에요."

"그건 모르는 일이여. 난 스무 살까지 컸다. 남들 옆으로 퍼질 때 나는 나만의 방식으로 아주 바빴어, 위로 크느라구. 넌 내 유전자를 물려받았다. 그러니 스무 살까지 크구도 남을 겨."

"키 크려면 인스턴트식품은 먹지 말라는데 라면이 너무 먹고 싶어요."

"그렇게 따지면 키 클 사람 하나도 없게. 거 누구냐 농구선수 갸도 하루에 한 번은 라면으로 먹방을 찍는다더라. 며칠에 한 번은 실컷 먹어도 돼야. 대신 운동장 몇 바퀴 대충 뛰구 푹 자면 된다니께. 겨, 아녀?"

"오호!"

따지고 보면 별것 아닌 솔루션이었지만, 내겐 베댓글(베스트댓글)처럼 귀에 쏙쏙 박혔다. 왜 그럴까, 하고 골똘히 생각해 본 적도 있다. 아무래도 할아버지와 내가 가진 무기가 동급이라서가 아닐는지. 할아버지는 노부모특공, 나는 특목고. 노부모특공으로 서울 아파트 입성에 성공한 할아버지처럼 나도 특목고에 합격해야만 향후 삼 년을 보장받을 수 있으려나.

도이시 미켈란 누나가 있는 이서네 집으로 라면을 먹으러 간다고 했더니 할아버지는 용돈까지 두둑하게 챙겨 주었다.

갈 곳 없이 떠도는 서글픈 내 인생

잡으려 할수록 시간은 멀어져만 가고

젊은 날 가난한 꿈조차 허무하여라

그래도 한세상 열심히 살았네

구슬땀 흘리며 자식농사 일궜네

이제 떠도는 한 조각 구름처럼 자유로이 떠나고 싶어

불어오는 바람 따라 훌훌 떨치고 날아가고 싶어

아, 바람처럼 구름처럼

아하하, 바람처어럼 구름처어럼

라디오에선 할아버지가 좋아하는 트로트 가수 구르메의 노래 〈바람처럼 구름처럼〉이 흘러나오고 있었다. 할아버지의 바람은 노래 가사처럼 '떠도는 한 조각 구름처럼 자유로이 떠나고 싶어, 불어오는 바람 따라 훌훌 떨치고 날아가고 싶어'라고 했다. 내가 키 180센티미터를 간절히 꿈꾸듯 할아버지는 요양원에 갈 지경이 되기 전, 자연스럽게 저세상으로 흘러가는 게 꿈이라면서.

"라면 한 그릇이 뭐 대수냐. 좋은 사람이랑 나눠 먹으면 라면도 0카로리라더라. 젊을 때 좋은 추억 많이 만들거라. 니 애비가 저렇게 삭막한 건 추억이 없어서야. 무슨 영화에도 나오대. 인생에 아름다움이 없으면 무슨 의미가 있겠냐고. 겨, 아녀?"

사투리를 자제하고 서울 북아현동 새 아파트 주민답게 세련된 언어를 구사하겠다던 할아버지의 원대한 목표는 꼭 마지막에 흐려졌다. 자기도 모르게 '겨, 아녀'가 나오는 것 같았다.

지난주 금요일, 천재학원 특목고반 고등국어 수업이 갑자기 취소되는 바람에 예상에 없던 시간이 선물처럼 내 앞에 떨어졌다. 실로 오랜만이었다. 하여 용돈도 벌 겸 동심 경로당으로 할아버지를 데리러 가기로 했다.

엘리베이터 앞에 서자니 불현듯 내 친구 이서 생각이 났다. 이서는 동심 경로당으로 가는 엘리베이터만 봐도 눈가가 촉촉해졌다. 아무리 눈치는 엿 바꿔 먹은 나지만 녀석이 왜 그러는지는 짐작이 가고도 남았다.

할아버지도 높은 데만 가면 할머니 생각이 난다고 했다. 할아버지와 이서는 거의 예순 살 차이가 나는데도 사람이 죽으면 하늘나라에 간다는 얘기를 찰떡같이 믿고 있었다.

'그렇게 믿어야만 그리울 땐 하늘이라도 쳐다볼 수 있잖아. 그나마 다행인 건 지구의 절반이 하늘이라는 거야.'

이서의 눈은 내게 그렇게 말하고 있었다.

생각해 보니 장례식장에서 "아지트에서 봐"라고 먼저 얘기해 놓고 정작 나는 한 번도 이곳에 오지 못했다. 어설픈 변명 같지만, 그때 내 속마음이 딱 그랬다. 무슨 말을 해야 할지 몰라 우물쭈물하던 중 이서가 좋아하는 경로당 생각이 난 것이다.

나는 할아버지를 집에 데려다주고 다시 잽싸게 동심 경로당으로 되돌아가 보는 눈이 없는지 주도면밀하게 살핀 후 옥상으로 올라가야겠다고 머릿속으로 한 차례 시뮬레이션까지 돌렸다. 그러면 이서가 캠핑용 의자에 누워 고개를 한껏 뒤로 젖힌 채 수채화 같은 빗줄기를 오롯이 맞고 있을 것 같았다.

확률상 주말이 시작되는 금요일 저녁엔 거의 그곳에 녀석이 있었다. 이서는 집에 하루 종일 있어야 하는 주말이 가장 거지 같은 시간이라고 했다. 그래서 마음을 추스르기 위해 더 오래 아지트에

머물다 돌아간다고. 녀석으로부터 아주 어렵사리 얻어 낸 대답이었다.

"할아버지!"

경로당 문을 빼꼼히 열고 할아버지를 부르자 할아버지의 얼굴이 팝콘보다 더 툭 터졌다. 어찌나 화사하게 웃던지 한껏 드러낸 금니가 마치 꽃술처럼 보였다. 이어 주변 어르신들이 한마디씩 보탰다.

"세상에, 손주가 다 데리러 오고. 하 영감은 아주 복이 터졌네, 터졌어그랴."

"요즘 같은 세상에 저렇게 착한 손주가 어디 있누?"

"니가 그렇게 공부를 잘한다며? 이리 와 봐. 할아버지가 용돈 좀 줄라니까."

"하 영감님 닮아서 그런가, 중학생인데도 키가 아주 훤칠하네그려. 우리 손녀 소개시켜 줄까. 걔는 노고산 중학교 다니는데 너는 어느 학교 다니니?"

할아버지를 데리러 온 것뿐인데 나는 아이돌급 환대를 받았다. 게다가 너무나 듣고 싶었던 그 말까지. 훤칠하다는! 나는 용돈을 준다는 럭셔리 할아버지보다 키가 아주 훤칠하다면서 손녀까지 소개해 주겠다는 그 멋쟁이 할머니가 마음에 쏙 들었다.

"장 여사 손녀라면 뭐 사돈 콜이다, 콜. 어쩌냐, 민수야. 너도 맘에 들지? 장 여사가 우리 경로당 할머니코리아여. 겨, 아녀?"

할아버지가 말한 폼 난다는 게 이런 거구나, 나는 단박에 알 수 있었다. 돈 받고 데리러 간 나도 이렇게 기분이 좋은데 할아버지는 오죽할까. 엄마, 아빠가 알면 기겁하겠지만, 되도록 한 달에 한 번은 경로당에 들러야겠구나, 결심했다. 용돈 때문이 아니라 '폼' 때문에.

폼 말고 '아름다운 타이밍'이라고 바꿔 불러도 전혀 무리가 없을 것 같았다. 할아버지 말대로 아름다움이 없다면 인생도, 경로당도 무의미하고 건조하기 짝이 없을 테니까.

어쨌든 할아버지와 나는 아주 흐뭇한 얼굴로 동심 경로당을 나왔다.

"나랑 장기 두던 그 못생긴 알머리 노인네 봤지? 유구에서 왔다니까 촌놈 취급에 텃세까지 부리드만, 떡하니 손주 오니까 부러워서 입이 댓 발은 나왔더라."

"댓 발요? 그게 뭐예요?"

"평소보다 다섯 배는 넘게 삐져 나왔다는 거지. 겨, 아녀?"

"와하하하, 겨요. 그런 것 같았어요."

"기분이다. 내가 라면 쏜다."

"좋아요, 할아버지."

"나랑 먹으면 0카로리여, 0카로리."

할아버지는 어느새 이 동네 로컬 맛집까지 두루 섭렵해 둔 것 같았다. 엘리베이터에서 내려 할아버지가 이끄는 대로 쭐레쭐레

따라가 보니 이서가 사는 5층짜리 빌라 맞은편 골목에 자리한 서너 평 남짓의 작은 분식집이었다. 상호도 없이 가게 입구 입간판에 '라면, 김밥'이라고만 써져 있었다.

할아버지와 나는 김이 폴폴 나는 뜨거운 햄치즈라면을 호로록 맛있게 먹었다. 이상하게 집에서 끓이면 이런 맛이 안 났다. 면도 훨씬 더 꼬들꼬들하고 국물도 담백하니 칼칼한 게 밥을 말아 먹지 않고는 배길 수 없는 그런 중독성 강한 맛이었다.

더 좋은 건 할아버지와 같이 먹는다는 사실이었다. 평소처럼 학원에 있었다면 근처 7천 원짜리 뷔페 식당에 갔거나 백화점 2층 푸드코트에 갔을 터였다. 엄마와 아빠는 "인스턴트식품은 안 돼!"를 외치면서도 나가서 사 먹는 건 개의치 않았다. 집밥이 아니라는 사실은 둘 다 똑같은데 말이다. 주말에도 우리 집은 거의 각자도생이다.

엄마와 아빠는 모르는 걸까, 밥은 퀄리티도 중요하지만 누구랑 먹느냐도 대단히 중요하다는 걸 말이다. 학교 급식도 마찬가지였다. 같이 먹을 친구가 없는 아이들은 일부러 급식을 거른 채 혼자 교실에서 빵으로 때우거나 책상에 엎드려 잠만 잔다. 왜 그러겠는가.

바로 그때 익숙한 실루엣이 가게로 들어섰다. 이서 삼촌이었다. 삼촌은 키가 180이 훨씬 넘는 데다 덩치가 산만 해 노고산동 마동석이라 불렸다. 그런 삼촌이 작은 가게로 들어서자 가게가 금방이라도 터져 나갈 것처럼 꽉 차 보였다.

"오, 민수구나! 아, 안녕하세요? 민수 할아버지 맞으시죠?"

삼촌은 크고 두꺼운 손으로 내 머리를 쓰다듬었다. 그러고는 할아버지를 향해 구십 도로 허리를 접어 정중하게 인사를 올렸다.

"라면 드시러 오셨어요? 이서는요? 할아버지, 이서 삼촌이에요. 제 베프 도이서요."

"이서 좀 늦는대. 이유는 몰라. 그거 알아내려면 한나절이라 더는 안 물어봤어."

"아……."

삼촌 덕분에 이서가 어디에 있는지 확실히 알게 됐다.

"저녁 안 드셨으면 같이 한 그릇 해요. 내가 살 테니."

할아버지의 말투에는 사투리가 쏙 빠져 있었다. 처음 만나는 사람한테는 언제나 저랬다. 그래 봤자 얼마 못 가 툭 튀어나올 거지만.

"그, 그럴까요? 염치없지만 감사히 잘 먹겠습니다."

이서 삼촌이 머리를 긁적이며 우리 테이블에 앉았다. 그러자 실내조명의 조도가 한 단계 더 낮아진 듯 시야가 약간 어둑해졌다.

"세상에, 몸이 정말 좋으시네. 많이 드셔야겠어."

할아버지는 진심으로 이서 삼촌을 칭찬했다. 삼촌이 쑥스러운 듯 허허, 하고 웃었다.

"제 별명이 삼손입니다, 삼손. 삼촌 아니라 삼손요."

이서가 질색해 마지않는 아재 개그였다. 나는 모른 척하며 라면 국물에 밥을 말았지만, 할아버지는 너무나 흡족해했다. 그걸 재치

만점의 유머라고 생각하는 것 같았다.

"여기요!"

근육 덩어리에 재치 덩어리 삼촌이 마음에 쏙 들었는지 할아버지가 손을 번쩍 들어 주인장을 불렀다.

"여기요!"

반응이 없자 할아버지의 데시벨이 한 단계 더 높아졌다.

"어디 가셨나. 라면 거기 있슈? 없슈?"

마음이 다급해진 할아버지의 입에서 자동반사적으로 사투리가 튀어나왔다. '라면 주인장 있어요?'라고 묻는다는 게 다급해진 탓인지 '라면 거기 있슈?'가 된 것 같았다. 여전히 대답이 없자 할아버지의 사투리가 더 짧아졌다.

"저기유, 라면 있슈? 없슈?"

그러자 어느새 나갔었는지 양팔 가득 파 한 다발을 안고 뛰어온 아주머니가 큰 소리로 화답했다.

"라면 있슈!"

삼촌과 나는 배꼽을 쥐고 웃었다. 삼촌은 거의 넋이 나간 것 같았다. 얼마나 주름이 졌는지 눈가가 엄마의 주름치마처럼 구불구불했다.

콩나물해장라면을 시킨 삼촌이 보리차 한 잔을 원샷 드링킹하더니 할아버지 한 번, 나 한 번 그렇게 지그시 바라보았다.

"민수야, 삼촌 라면집 하려고. 이 가게 곧 자리 난대. 그래서 시간 될 때마다 와서 살펴봤거든. 라면집 이름을 뭘로 할까 그게 제일 고민이었는데 할아버지 덕분에 드디어 정답을 찾았다. 라면잇슈! '있슈'라는 뜻도 되고, '이슈'가 된다는 뜻의 영어도 되고. 어때, 딱이지? 이서한텐 내일 발표하려고. 그때까진 비밀이다. 약속. 내일 이서 생일이거든. 그리고 민수 할아버님, 뭐라고 감사 인사를 드려야 할지……. 제가 라면 무한 시식권 드릴게요!"

사람이 보이는 것보다 가까이 있음

나 도이서, 삼촌이 골목 분식집을 인수해 라면가게를 차린다는 이야기를 듣는 순간 눈앞이 하얘져 방금 꾼 악몽은 그만 까맣게 잊어버리고 말았다. 결정적인 한 방이 나머지 충격을 스펀지처럼 모두 흡수한 상황이랄까.

오늘이 내 생일이라는 것도, 도이시 미켈란 누나에게 라면을 엎어 버린 것도, 쏙 누나가 케이크를 들고 나오다 다시 베란다로 쏙 숨어 버렸다는 것도, 지유와 민수 두 녀석이 오늘 처음 본 사이 같지 않게 쿵짝이 잘 맞는다는 것도, 민수 할아버지 그리고 지유 할머니가 바로 여기 동심 경로당에 다닌다는 것도, 내가 지금까지 꼬박꼬박 풀 네임으로 불렀던 도이시 미켈란을 드디어 누나라고 했다는 사실도 죄다 별것 아닌 해프닝처럼 느껴졌다.

갑자기 민수가 "아아악! 특강!" 하고 소리를 질렀다. 녀석은 주머니를 뒤적거리더니 손바닥만 한 종이봉지 하나를 꺼내 나를 향해 포물선을 그리며 던졌다. 얼떨결에 내가 손으로 잡자 "나이스 캐취! 나 먼저 간다!"를 외치며 빠른 속도로 옥상을 내려갔다. 그 와중에 나이스 캐취는 무슨. 봉지를 열어 보려는 찰나 다시 경중 경중 뛰어 올라온 녀석이 급하게 말 한 줄을 더 보탰다.

"도이서, 그거 쓰레기 아니고 니 생선. 지유도 안녕. 카톡할게."

녀석이 지유를 향해 멋있는 척 손가락 인사를 날리자 지유가 대 답 대신 고개를 끄덕였다. 코미디 배우가 무대에서 퇴장하듯 온갖 요란을 다 떨며 그렇게 민수가 사라지자 지유가 "아, 개웃겨!" 하 고 쏙 누나 흉내를 내며 깔깔거렸다.

"근데 요즘 선물 포장 트렌드가 빵 봉지인가?"

정말이지 바스락거리는 나무색 노란 봉지에 입구가 노끈 같은 거로 칭칭 감겨 있는 게 언뜻 보면 베이커리에서 먹다 남은 빵 쪼 가리를 싸 온 것 같았지만, 무게감이 있는 거로 봐선 열쇠고리나 작은 피규어로 짐작이 됐다.

"여기선 열지 마. 집에 가서 이시 언니 선물이랑 같이 보자. 라 면도 다 못 먹었잖아. 진이 빠져서 그런가, 나 완전 배고프다, 도이 서."

지유의 손에 이끌려 다시 집으로 돌아가는 길. 정말이지 적당한 구멍이라도 있다면 쏙 숨어 버리고 싶었다. 지유는 내 마음을 알 기라도 한다는 듯 아무 말도 하지 않았다.

바람이 불자 또다시 라일락 향기가 허락도 없이 훅 끼쳐 왔다. 그건 그렇고 아지트에서 꿨던 꿈은 대체 뭘까. 아크라에서 실제로 겪었던 일인가. 나를 업고 미친 듯이 관사로 돌진하던 어린 소녀는 분명 이시 누나였다. 뭔가 생각이 날 것도 같은데, 그냥 희미한 그림자 같은 장면들만 머릿속에서 뱅글뱅글 돌 뿐이었다.

그런데 집이 어두웠다. 이상했다. 전기가 나갔나. 삼촌은 밤낮으로 거실 등을 켜 두는 사람이었다. 그래야만 언제, 누가 들어와도 심장이 덜 떨리기 때문이라고 했다.

그건 집이 있어도 늘 집이 없는 아이처럼 표류하는 나와 호적에도 없는 동생 하나만 믿고 혈혈단신 대서양을 건너온 이시 누나를 위한 삼촌식의 배려였다. 그러니 집에 사람이 없어도 거실 등은 켜져 있어야 했다.

해가 안 떨어져 거실은 그냥 어둑한 정도였지만, 내 기분은 그야말로 손전등 여러 개가 필요할 만큼 어두컴컴했다. 삼촌이 왜 부득불 거실 등을 켜 놓고 다니는지 알 것 같았다.

"다들 어디 가셨나?"

지유가 스니커즈를 벗으며 두리번거렸다. 내가 대충 신고 나온 슬리퍼에서 발을 빼 천천히 거실로 한 발자국 올려놓는 순간 베란다 쪽에서 불협화음에 가까운 삼중창 소리가 들렸다.

"생일 축하합니다. 생일 축하합니다. 사랑하는 도이서, 생일 축하합니다."

삼촌, 이시 누나, 쏙 누나였다. 지유도 한패인 듯 놀라는 기색 하나 없이 목소리를 보탰다. 김지유, 연기력이 정말 오스카상 후보감이다.

'뭐야, 다들 연기한 거야?'

어느덧 이시 누나가 케이크를 들고 내 앞으로 다가왔다. 이번엔 물러서지 않겠다는 단호한 눈빛이었다. 목소리도 어찌나 우렁찬지 거실이 다 흔들리는 것 같았다.

"야, 어른 부러! 쏘원 빌고!"

쏙 누나한테 배운 것 같은 저 확신에 찬 말투라니. 옆에서 쏙 누나가 발을 동동 구르며 입술 모양으로만 '어른 아니고 얼른!'이라고 하는 것만 봐도 알 수 있었다.

"어허, 야! 어른 부러!"

이시 누나가 다시 눈을 부라렸다. 나는 못 이기는 척 촛불을 껐다. 싫지 않았다. 그러나 소원은 빌지 못했다. 소원 대신 꼭 해야 할 말이 있어서였다. 그건 바로 '이시 누나, 미안해요. 그리고 고마워요'였다.

촛불이 꺼지자 모두 손바닥이 빨개지도록 박수를 쳤다. 내가 촛불을 껐다는 사실만으로도 이시 누나의 얼굴엔 행복한 미소가 출렁였다. 삼촌은 가슴을 쓸어내리기까지 했다.

쏙 누나는 자신의 수제자가 백 프로 완벽하게 멘트를 구사하지 못한 것이 못내 아쉬운지 "이시, 어른 아니고 얼른. 다시 해 봐, 얼른”했다.

“어른은 그로운 업, 얼른은 퀴클리.”

이시 누나는 케이크를 들고 거실 쪽으로 사뿐사뿐 걸으면서도 “오 마이 갓! 잇츠 마이 미스테이크. 어른 그로운 업, 얼른 퀴클리!”를 따라 했다.

삼촌도 쪽 옆에 바싹 붙은 채 앞치마를 펄럭이며 물었다. 마치 꼬리를 흔드는 커다란 불도그를 연상케 하는 앙증맞은 몸짓이었다.

“쪽 내 발음은 어때? 퀴쿨리. 펄펙 오아 낫 펄펙? 라면집에 외국인도 많이 올 텐데 스피킹이 통 안 늘어.”

‘어유, 정신 사나워.’

속으로 말은 그렇게 했지만, 자꾸 웃음이 났다.

“아, 삼촌, 개웃겨요!”

지유는 삼촌을 가리키며 목젖이 다 보일 만큼 크게 웃었다.

“개웃겨? 웰, 댓 미인즈 도그 퍼니?”

그 말에 애써 눌렀던 내 마음속 지하창고의 웃음 버튼이 탁 하고 켜졌다. 나는 너무 웃겨서 주체할 수가 없었다. 내가 입을 크게 벌린 채 큰 소리로 깔깔 웃으니 지유도 못 참겠다는 듯 거실 바닥을 데굴데굴 굴렀다. 어느새 다가왔는지 이시 누나가 손가락에 묻혀 온 케이크 생크림을 내 뺨에 대고 후다닥 문질렀다.

“잇츠 생일빵!”

내가 어리둥절해 있으려니 쪽 누나가 고명으로 얹힌 초콜릿 조각을 재빨리 입에 쏙 넣어 주었다.

"어화둥둥 내 조카."

그러자 이번엔 삼촌이 나를 얼싸안았다. 이시 누나도 자석처럼 나와 삼촌한테 붙었다. 쏙 누나는 손등으로 눈물을 두어 번 찍어 없앤 뒤 와락 달려들었다.

대우주 전쟁을 앞두고 한국, 캄보디아, 가나가 3국 공동 방어 전투에라도 나설 요량으로 한데 똘똘 뭉친 것처럼 결연한 모습이었다. 그 모습을 지유가 얼른, 퀴클리, 사진으로 찍었다.

지유가 "이제 그만해요! 저 배고프단 말이에요!"라고 성질을 부릴 때까지 그 울컥한 한 덩어리들은 흐트러질 줄을 몰랐다.

쏙 누나와 지유가 돌아간 뒤 우리 셋은 베란다 의자에 나란히 앉아 숭늉을 마셨다. 삼촌은 늘 커피 대신 숭늉을 텀블러에 담아 커피인 척하며 마셨다. 이시 누나도 숭늉이 너무 구수하다며 줄기차게 마셔 댔다.

"라면집보다 더 큰 문제가 있어. 모어 빅 프로블롬 컴잉 낫 라면 하우스."

머그컵에 따른 숭늉을 후후 불어 마시고 있는데, 삼촌이 거의 울 듯한 목소리로 말했다. 그 와중에도 쏙 누나 대신 어설픈 동시통역을 하는 삼촌이라니. 이시 누나가 고개를 끄덕였다. 과정이야 어떻든 이시 누나가 알아들었으면 됐지만.

"할머니, 그러니까 이서스 그랜드마더 니코르 마이 마더 이즈 컴잉 히어 나우 위드 빅 보따리, 아니 위드 빅백."

"이서 하머니, 삼총의 어머니 니코르가 큰 가방을 들고 이곳으로 오고 있습니다?"

"니코르는 사람 이름이 아니라 샘샘 뭐 그런 뜻이야. 어쨌든 이서네 할머니가 우리 엄마고, 우리 엄마 니코르 이서 할머니인데 …… 쉬 이즈 무빙 나우 프럼 컨추리 투 히어."

삼촌은 영어회화 실력을 키우기 위해 일부러 번역기 어플도 깔지 않았다. 그사이 많이 늘기는 했지만 쏙 누나가 없으니 초반부터 난관에 봉착했다.

"내 동생 도이서 생일 추카입니까?"

답답함을 참지 못한 내가 불쑥 끼어들었다. 정말이지 나도 모르게 튀어나온 말이었다.

"Why is grandma leaving the country house and moving to our house?"(왜 할머니가 시골 집을 나와서 우리 집에 오는 거야?)

"뭐야, 너 지금 영어 한 거야?"

"Your English is good. Why did you hide it all this time?"(너 영어 잘하네. 왜 지금까지 숨겼어?)

"암튼 할머니가 대체 왜 짐을 싸서 서울 집으로 오신다는 거야?"

"진작 올라오려고 했는데 이것저것 벌려 놓은 거 정리하느라 늦었다신다. 늦은 아들 하루라도 빨리 장가보내고 이서 뒷바라지 자기가 한다고. 라면집 차린 거 알면 난 죽었어, 이서야. 알지? 우리 엄마 얼마나 독하고 무서운지."

알고도 남았다. 우리 할머니가 얼마나 기가 팔팔한 분인지. 누구라도 시골에서 왔다고 할머니를 무시했다간 노고산동 전체가 흔들리도록 난리를 칠 분이었다.

"Well······ My grandmother will come to Seoul to take care of us."(음······ 할머니가 삼촌이랑 나 챙겨 주러 서울에 오신대.)

나는 이시 누나가 이해할 수 있도록 최대한 간결하게 이야기해 주었다. 내가 생각해도 신기할 만큼 영어가 술술 나왔다. 완벽하지는 않지만, 이 정도면 주야장천 영어 학원에 다니는 다른 아이들이 깜짝 놀랄 만한 수준이었다. 참고로 나는 학원 근처에도 가 본 적이 없었다. 알다시피 모두 내게 신경 쓸 여력 같은 건 없었으니까. 그런데 이제 할머니까지 나를 케어하기 위해 이사를 온다니 정신이 혼미할 정도였다. 정말 여자 복이 터진 걸까, 나는.

"한국말은 꽝인데 영어는 짱이네. 세상에 이런 일이."

삼촌은 벌린 입을 다물지 못했다. 이시 누나의 표정은 감격 그 자체였다.

"You know what? We used to speak English to each other when we were young."(너 그거 알아? 우리 어릴 때 영어로 대화했어.)

그랬었구나. 나는 순간 전기에 감전된 것처럼 가슴이 찌릿했다. 여러 과목 중에 영어가 제일 쉬웠던 이유가 바로 이것이었나. 몸

으로 깨우친 건 절대 잊어버리는 법이 없다는 할머니 말씀이 정통
으로 실감이 되었다. 다른 과목은 몰라도 영어만큼은 정말 혼자서
열심히 했다. 누구에게도 말하지 않은 비밀 같은 이유가 있었기
에. 그건, 그건, 언젠가 엄마와 아빠가 처음 만났고 사랑했고 나를
낳았던 아프리카 땅으로 날아가 내 유년의 추억을 더듬어 보고 싶
다는 간절한 바람 때문이었다.

나는 남은 숭늉으로 입술을 적신 후 이시 누나를 바라보았다.
까만 밤하늘보다 더 까만 그녀의 얼굴에서 두 눈동자가 한껏 빛났
다. 참 곱고 예쁜 눈이었다.

"누나, 다친 덴 어때? 정말 미안해……."

한국말로 물었는데도 이시 누나는 백 프로 알아들은 표정이었다.

"누나는 괜찮습니다. 동생은 어떻습니까?"

"Well, it's a secret. I'll tell you later."(음, 그건 비밀. 나중에 말해 줄게.)

"뭐야, 시크릿? 니들 나만 빼고 쑥덕거리면 이 삼촌 빅 앵그리다!"

"노웨이! 돈트 비 앵그리, 삼촌!"

엄마의 사십구재 날이 떠올랐다. 그날 나는 머릿속이 너무 혼란
스러웠다. 삼촌에게 해야 할 말을 연습하긴 했지만, 솔직히 제대
로 입이 떨어져 줄지 의문이었다.

기필코 떠나야겠다며 아빠가 깡마른 손으로 악수를 청하던 날,
나는 완전히 버림받은 기분이었다. 엄마의 죽음만으로도 감당하
기 버거운데 아빠까지 사라진다고 생각하니 눈앞이 다 캄캄했다.

더 절망스러운 건 가지 말라고 바짓가랑이라도 붙잡고 늘어졌다면 어땠을까 하는 후회가 든다는 것이었다.

엄마가 라면을 끓여 주던 날도 나는 꾸역꾸역 라면만 먹었다. 그것도 슬로비디오처럼 천천히. 달걀을 건져 먹고, 쫄깃한 떡은 쩝쩝 소리가 나도록 여러 번 씹었다. 만두는 뜨거울까 봐 호호 불어 숟가락으로 자른 뒤 세 번에 나눠 삼켰고, 채를 친 햄은 있는 대로 죄다 건져 치즈에 싸서 먹었다. 김치가 둥둥 떠다니는 국물에 엄마가 말아 준 밥 한 숟갈까지 나는 남기지 않고 최대한 느릿느릿 먹었다. 밥풀 한 톨까지도. 그래야만 엄마를 더 오래 볼 수 있었으니까.

그러나 그건 내 인생 최대의 미스테이크였다. 나는 분명히 엄마에게 말했어야 했다.

"엄마, 아들 도이서가 엄마 사랑하는 거 알죠? 그러니 아프지 말아요. 내가 매일 기도할게요. 얼른 나아서 아빠랑 셋이 아프리카로 가요."

그랬다면 엄마는 나았을지도 모른다. 아니, 낫지는 않았더라도 우리 셋이 나란히 다시 아크라로 돌아가는 꿈을 꾸면서 최소한 몇 번은 더 행복해했을 것이다. 그런데 그걸 못했다. 그게 뭐라고, 그 말 몇 마디가 대체 뭐라고.

사십구재 날, 삼촌의 낡은 차 조수석에 앉아 멍하니 창밖을 바라보는데 사이드미러에 적힌 글귀가 눈에 들어왔다.

사물이 거울에 보이는 것보다 가까이 있음.

그 말이 마치 내겐 '사람이 거울에 보이는 것보다 멀리 있음' 이렇게 읽혔다. 나는 운전하는 삼촌을 흘끗 쳐다보았다. 삼촌마저 떠나간다면 나는 절망의 늪에서 헤어 나올 수 없으리라. 난 중3이니까, 엄마가 돌아가신 지 불과 사십구 일밖에 되지 않은 데다 아빠까지 잃게 생긴 천하에 재수 없는 중3이니까. 그래서 쥐어 짜내듯 라면 먹기 싫다고, 저녁 밥상을 차려 내라고 협박하듯 호소한 건데……. 그런데 지금은 그 문구가 이렇게 읽혔다.

사람이 보이는 것보다 가까이 있음.

또다시 절망의 늪에 빠질지라도 지금의 이 반짝이는 행복을 놓치고 싶지 않다는 걸 하늘에 있는 엄마는 알고도 남겠지?

민수 녀석의 선물은 정말 어이가 없었다. 생각하는 수준이 참 민수답달까. 할아버지가 오셨다더니 자연스레 신파가 된 건지도. 정성이라고는 1도 엿볼 수 없는 이 어처구니없는 선물 때문에 나는 또 한 번 웃음 폭탄이 터졌다. 울 일도 많았지만 웃을 일도 많던 생일날이었다.

선물이 뭐였는지는 좀 더 나중에 밝힐 계획이다. 어쨌든 민수야, 평생 놀릴 거리가 하나 더 추가됐다는 사실만 알아 둬라. 지금쯤 침대에 누워 '내가 왜 그랬을까?'를 외치며 이불 킥을 하고 있을지도 모르겠다.

책상 위에 가지런히 놓인 이시 누나의 선물은 나뭇결이 그대로 살아 있는 집 모양의 저금통이었다. 직접 나무를 깎아서 만든 수제품으로 5센티미터 정도 되는 돈 투입구 아래 가나의 국화인 대추야자가 아름드리 새겨져 있었다. 대추야자 나무가 자라는 포근한 집이라……. 그 집을 여는 데 필요한 열쇠 한 쌍은 열쇠 구멍 옆에 종이테이프로 얌전하게 붙어 있었다.

쪽지도 있었다. 앞장은 영어, 뒷장은 한글이었다.

— I wanted to give you the warmest house in the world. So I made a house-shaped piggy bank. I hope you gather your happiness here one by one.

— 도이서 동생에게 세상에서 가장 따뜻한 집을 선물하고 싶었습니다. 그 마음을 담아서 집 모양의 저금통을 만들었습니다. 여기에 동생의 행복을 하나씩 간직해 주십시오. 그게 내 소망입니다.

바닥에 내 이름까지 새겨져 있는 걸 보니 자기 손으로 깎고 다

듣고 새긴 게 틀림없었다. 어학당에, 학교 수업에, 아프리카 식당 아르바이트에, 우리 집 청소까지 하루가 48시간이라도 모자랄 만큼 바쁜 누나가 시간을 쪼개 목공소까지 드나들었을 생각을 하니 눈시울이 시큰해졌다.

나는 그동안 이시 누나한테 받은 포스트잇을 가로로 한 번, 세로로 한 번 접기 시작했다. 누나의 말대로 내 소소한 행복을 소중하게 간직하기 위해서였다. 당시에는 최대한 관심 없는 척했지만, 아침마다 누나가 준 포스트잇은 첫날부터 지금까지 하나도 버리지 않고 노트 사이사이에 붙여 두었다.

― 도이서 동생, 길 조심, 차 조심 하십시오.

― 도이서 동생, 오늘부터 저는 어학당에 갑니다. 저녁에 뵙겠습니다.

― 도이서 동생, 공부 열심히 하십시오. 파이팅.

― 도이서 동생, 우산을 반드시 가져가셔야 합니다.

― 오늘 방 청소를 할 것입니다. 싫으면 지금 노해 주세요, 도이서 동생.

— 도이서 동생, 저녁에 삼촌과 쏙이 당구를 친다고 합니다. 웃기지 않습니까? 도이서 동생은 시험을 잘 보십시오.

　— 구충제를 드십시오, 도이서 동생. 청소년 건강에 꼭 필요합니다.

　— 냉장고에 ABC 주스를 사다 놓았습니다. 청소년 건강에 꼭 필요합니다, 도이서 동생.

　……

　다 넣고 나니 세뱃돈을 저금한 것보다 더 뿌듯했다. 이시 누나가 아크라로 돌아간 후에도 이 쪽지를 꺼내 보며 웃을 수 있었으면. 더는 아파하지 않고 씩씩해질 수 있었으면. 왠지 가능할 것 같았다. 살다 보니 사람은 보이는 것보다 훨씬 가까이 있었으므로.

아프리카 처녀가 복덩이였네

할머니는 진짜 서울로 올라왔다. 본격적인 이사는 다음 달에 할 예정이라며, 우선은 간단한 옷가지와 대나무로 만든 효자손이 든 가방 하나만 들고 왔다.

애지중지 싸 들고 온 효자손의 용도는 등긁이가 아니었다. 할머니는 삼촌이 숨만 크게 쉬어도 효자손으로 툭툭 때렸다.

"라면집? 이런 미친놈. 멀쩡한 회사 그만두고 장사를 하겠다고? 라면은 뭐 물 넣고 끓이기만 하면 손님이 온다더냐."

할머니의 효자손이 삼촌의 두꺼운 손등을 두 번이나 내리쳤다.

"아, 아파! 엄마는 왜 맨날 사람을 패? 그것도 이서 앞에서 창피하게!"

"맨날 맞을 소리만 골라서 하니까 맞지, 이눔아."

"엄만 아무것도 모르면서. 이게 단순히 나 좋자고 한 결정이 아니라니까요."

안다, 바로 조카인 나 좋자고 한 일이라는 걸. 엄마의 사십구재 날, 아빠나 나만큼은 아니지만, 그래도 충격으로 인해 말이 없었던 삼촌의 모습이 떠올랐다. 그런데 삼촌은 왜 그 말을 안 하는 걸까. 이서 때문이라고, 조카 저녁밥 차려 주고 옆에서 챙겨 주고 싶어서 그런 거라고 왜 말을 못 하냐고.

"그럼 뭐, 이 에미한테 효도하고 싶어서 회사 때려치우고 장사를 한다는 거야, 뭐야. 에휴, 아들 둘 있는 게 쌍으로 속을 까뒤집네. 하나는 아프리카 기어가서 죽었는지 살았는지 전화 한 통 없고, 또 하나는 바윗덩어리같이 생겨 가지고 돌가루 날리는 짓만 골라 하고. 아유, 내 팔자야. 저런 걸 낳고 내가 미역국을 두 사발이나 먹었다니께."

"아얏, 진짜 아프다니까."

무차별 효자손 공격에도 삼촌은 '도이서'의 '도' 자도 꺼내지 않았다. 평소의 삼촌이라면 MSG까지 쳐서 귀에 딱지가 앉도록 자신이 왜 그런 결정을 내렸는지 설명해 주었을 텐데. 어쩌면 이런 것이야말로 진정한 선택적 함구증이 아닐까, 하는 엉뚱한 생각이 들었다. 뭔지 모를 뿌듯함에 눈물이 섞인 듯한 촉촉한 한숨이 자그마하게 새어 나왔다.

그러자 이번엔 할머니가 효자손으로 자기 가슴을 평평 쳤다. 그러고는 분을 못 삭이겠다는 듯 다시 삼촌의 등짝을 효자손의 뾰족한 부분으로 쉴 새 없이 톡톡 내리쳤다.

"아이고, 아이고, 나 죽네!"

방에 숨어 있던 도이시 미켈란과 쏙이 삼촌의 둔탁한 비명 소리에 득달같이 달려 나왔다.

"스땁! 아름다운 여사님, 삼촌 죽어. 그만 때려요."

스땁! 아름다운 여사님 소리에 할머니가 갑자기 멈칫했다.

"아가씨는 또 누구여? 어느 나라 교환수여?"

"교환수가 뭐야, 교환학생이라니까."

그렇게 맞고도 한시도 입을 가만히 두지 않는 우리 삼촌의 끈질긴 저항력이라니. 삼촌과 내가 반반씩만 섞였어도 좋았을 텐데.

"저는 도이시 미켈란의 친구 쏙입니다. 아름다운 여사님."

할머니는 효자손을 쥔 채 안절부절못하는 이시 누나와 두 손을 가지런히 모은 채 자기소개를 하는 쏙을 번갈아 가며 쳐다보았다. 이시 누나가 왔다는 건 할머니도 이미 알고 있었지만, 이렇게 마주친 건 처음이었다.

"Grandma, nice to meet you. Thank you very much for coming. You are very beautiful. You can relax and I will bow to you now."(할머니, 만나 뵙게 되어 반갑습니다. 와 주셔서 고맙습니다. 매우 아름다우세요. 이제 진정하시고, 절 받으세요.)

경계의 눈빛이 가득했던 할머니는 이시 누나의 유창한 영어 앞에서 '어 리틀' 무장해제가 된 것 같았다. 아무리 영어에 문외한이라고 해도 뷰티풀은 충분히 알아듣고도 남을 터. 자신의 미모가

144

한국을 넘어 동남아, 그리고 저 멀리 아프리카 대륙까지 먹힐 정도라는 걸 확인받고는 자동반사적으로 광대가 꿈틀거리는 걸 나는 놓치지 않았다. 저것 역시 쪽의 가르침이리라.

"할머니 만나면 무조건 뷰티풀, 뷰티풀 하면 돼. 그리고 반드시 큰절을 올려, 도이시. 우린 예의 바른 대한외국인이니까."

뭐 이렇게 누누이 강조하지 않았을까.

"엄마, 이시가 절 받으래."

라면집 얘기가 쪽 들어가자 안도의 한숨을 내쉰 삼촌이 싱글벙글하며 동시통역까지 했다. 그러나 역시 할머니는 쉽지 않은 분이었다. 뷰티풀 하나에 그렇게 홀랑 넘어갈 황 여사가 아니었다.

"절은 무신! 시절탱이 삼촌 하나로도 심란한데, 철부지 외국인까지! 어린 게 그나마 있던 정도 홀랑 달아나겠다, 이놈의 집구석! 아예 이서 입에 자꾸를 채우지 그러냐, 자꾸를!"

그 말인즉슨 말도 통하지 않는 이시 누나의 등장이 내 선택적 함구증을 더 악화시킬까 심히 걱정이라는 뜻이었다.

정말 어른들은 자기들 멋대로 생각하고 자기들 멋대로 솔루션을 제공한다. 내가 그나마 말문이 터진 건 다 이시 누나 덕분인데. 여전히 말의 우물에서 꼭 해야 할 말을 두레박에 담아, 있는 힘껏 끌어 올린다는 게 내겐 지치고 어려운 일이다.

그래도 지금은 도저히 가만히 있을 수가 없다. 지유가 나를 위해 손에 땀이 나도록 덜덜 떨면서도 끝까지 항변해 주었던 것처럼, 세상에서 손발 오그라드는 걸 제일 싫어하는 민수 녀석이 이시 누나의 편지를 낭독해 줬던 것처럼, 엄마가 아픈 몸을 이끌고 세상의 모든 것을 담아 라면을 끓여 주며 사랑한다고 말해 준 것처럼, 이시 누나가 대서양을 건너 달려와 내게 매일 아침 인사를 건네준 것처럼.

불현듯 얼마 전 보았던 애니메이션 〈씽〉이 떠올랐다. 심각한 무대 공포증이 있는 코끼리 소녀 미나에게 생쥐 마이크가 조언한다. "일단 불러 봐. 부딪치다 보면 두려움이 사라질 거야." 그래 일단 저질러 보자.

"할머니!"

"오야, 우리 손주. 밥이냐, 똥이냐?"

"아니고요, 이시 누나요."

"이시 누나? 삼촌 옆에 쏙 붙어 있는 아프리카 처녀 말이냐?"

"쏙은 이 친구 이름이야, 엄마."

"넌 그 입 꽉 다물어. 지금 이서가 말하려고 하잖아!"

얼마나 귀한 기회인데 방해를 해, 하는 눈빛으로 황 여사가 효자손을 마구 휘둘렀다. 삼촌이 또 비명을 질렀다. 이시 누나는 큰 눈을 이리저리 굴리며 어쩔 줄을 몰라 했다. 쏙 누나는 그 상황이 웃긴 듯 입술을 꽉 깨문 채 웃음을 참고 있었지만, 피식피식 새어 나오는 것까진 막지 못했다.

'아, 정신 사나워.'

그러자 신기하게도 말이 술술 나왔다. 술술이라고 말한 건 전적으로 내 기준에서다. 남들이 보기엔 여전히 모자라고 속 터지겠지만.

"할머니, 저 이시 누나 덕분에 말도 하고 영어도 되게 잘해요."

할머니의 눈에서 검은자가 튀어나올 것처럼 부풀어 올랐다. 말도 하고 영어도 한다는 한마디만 했을 뿐인데, 그 파장 효과는 엄청나게 컸다. 말이란 게 이처럼 긍정적인 물보라를 일으킬 수 있는 유익한 것이라면 정말 제대로 해 볼 만하군, 하는 생각이 들 정도로.

"우리 이서, 참새처럼 재잘재잘 떠드는 거 보는 게 이 할미 소원인데, 드디어 말도 하고 영어까지! 아이고 세상에, 아프리카 처녀가 복덩이였네, 복덩이였어."

"아직 참새처럼은 아니고, 엄마. 그냥 어 리를, 그러니까 아주 약간 나아진 정도."

"어 리를이면 어떻고 아 리를이면 어떠냐. 잉글리까지 잘한다는데!"

눈물을 훔치던 할머니가 급기야 이시 누나를 덥석 껴안았다. 그러자 삼촌도 그 기회를 놓치지 않고 달려들었다.

'어유, 삼촌, 저 기회주의자.'

혼자 속으로 킬킬거리는데 넉살 좋은 쪽 누나도 이시 누나 옆에 쏙 붙어 함께 기뻐했다. 그 순간, 이시 누나가 고개를 돌리더니 쪽 누나에게 배운 듯한 명령어를 폭포수처럼 쏟아 내기 시작했다.

"내 동생, 도이서, 너도 얼른 퀴클리 이리 컴!"

우리는 그렇게 또 한 번 한 덩어리가 됐다.

겨, 아녀?

지은 지 이십 년이 훨씬 넘은 낡은 빌라 402호. 32평에 방 네 개, 화장실 두 개, 작은 베란다 하나. 1층은 커피숍과 노래방, 2층은 교회, 3층은 피부 관리와 속눈썹 펌을 전문으로 하는 에스테틱과 네일숍이 있다. 4층엔 우리 집 말고도 투룸, 스리룸이 몇 개 더 있지만, 아직까지 개수를 정확하게 세어 보진 않았다. 마지막으로 5층은 관리사무소라 이름 붙여진 매우 협소한 사무실 한 개와 학생들을 상대로 한 원룸이 빼곡하게 들어차 있다.

우리 집은 원래 건물주가 살 목적으로 집을 크게 뺀 것이라고 했다. 그 집에 우리가 십 년째 살고 있다. 전세금을 여러 번 올려 주고도 길거리 소음이 오롯이 다 들리는 이 낡은 빌라에서 십 년째 눌러사는 건 정말 돈이 없기 때문일까, 이사 갈 용기가 없어서일까.

군이 장점을 찾자면 아래층이 상가라 밤에 쿵쿵 뛰어도 아무도 올라와 싫은 소리를 하지 않는다는 것이다. 또 뭐가 있을까, 그래, 내가 다니는 노고산 중학교가 불과 한 정거장 거리라 역세권인데도 불구하고 지하철이 아닌 걸어서 다닐 수 있다는 것.

이제 우리 집은 방마다 주인이 있다. 엄마, 아빠가 쓰던 안방은 할머니가, 오른쪽 작은방은 삼촌이, 왼쪽 작은방은 내가, 아빠의 서재였던 화장실 옆 작은방은 이시 누나 차지다.

사실 나는 엄마가 돌아가시고 아빠가 아크라로 떠난 뒤 심각한 수면 장애를 겪었다. 텅 빈 방이 두 개나 있다는 건 내게 감당하기 힘든 아픔이었다. 서러웠다. 밤에 화장실을 가려고 거실로 나오면 억지로 참았던 고통이 한꺼번에 솟구칠 것 같았기에 억지로 오줌을 참느라 오줌보가 터지기 일보 직전까지 간 적도 있었다.

'삼촌, 같이 자면 안 돼? 나, 너무 슬퍼.'

솔직하게 털어놓고 싶었지만 그럴 수가 없었다. 말도 잘 못 하는데 잠까지 잘 못 잔다고 하면 모두 절망보다 더 큰 한숨만 내쉴 것이었다. 그건 내가 원하는 그림이 아니었다. 그런데 이젠 방마다 사람이 있다. 그 사실만으로도 나는 꿀잠을 잘 수 있었다.

할머니가 오자마자 삼촌은 중고 거래점에서 구한 6인용 목제 식탁을 이고 지고 왔다. 긴 의자 한 개, 1인용 등받이 의자 세 개까지. 정식으로 라면집을 오픈할 때까지 다들 나란히 앉아 자신이 기획한 메뉴를 맛보고 냉정하게 평가해 줘야 한다며 식탁의 용도까지 상세히 설명해 주었다.

할머니도 더 이상은 효자손으로 삼촌을 두들겨 패지 않았다. 대신 나에게 동네 경로당에 데려다 달라고 했다. 토요일 아침이었다.

"이 동네를 잘 알아 놔야 호객 행위라도 할 것 아니냐."

그러자 이시 누나가 눈을 반짝이며 말했다.

"할머니, 저, 도이시 미켈란, 따라가도 됩니까?"

순간 정적이 흘렀다. 이시 누나의 요청은 그만큼 갑작스러웠다. 나는 할머니가 뭐라고 대답할지 매우 궁금했다. 삼촌도 침을 꼴깍 삼켰다.

"당연하지. 좌 한국 손자, 우 아프리카 손녀 대동하고 경로당 입학식 가는 글로벌 할머니는 내가 처음일 거다. 넌 안 돼, 오지 마. 쪽팔리니께."

할머니는 내가 생각했던 것보다 훨씬 더 열린 분이었다. 만에 하나 이시 누나를 창피하게 생각하면 어쩌나 걱정했는데 그건 기우에 지나지 않았다.

엘리베이터에 오른 이시 누나와 할머니의 표정은 흡사 남산타워 전망대에 오르는 관광객이었다. 둘은 진짜 할머니와 손녀처럼 다정하게 팔짱을 낀 채 아래로 멀어져 가는 산동네를 구경했다.

"할머니, 홈, 스윗 홈, 저기!"

이시 누나가 외치자 할머니가 "시상에!" 하며 즐거워했다.

경로당엔 지유와 민수도 와 있었다. 물론 지유 할머니와 민수 할아버지도 앉아 있었고. 이시 누나가 두 손을 앞으로 가지런히 모으더니 두 분 동심 경로당 선배님들께 황 여사를 대신해 깍듯이 배꼽 인사를 올렸다.

"플리즈, 테이크 케어 오브 마이 그랜마! 아이 러브 에브리원!"

영어가 날아다니자 황 여사의 광대가 다시 승천했다.

"우리 집은 글로벌이유, 글로벌."

구수한 충청도 사투리에 민수 할아버지가 반색을 했다.

"아니, 여사님, 고향이 어디유? 난 유군디."

"시상에, 동향 사람을 경로당서 다 만나구. 난 금산이유, 금산."

그러자 지유 할머니의 표정이 샐쭉해졌다.

"글로벌 세상에 뭔 놈의 고향 타령이람. 요즘은 위 아 더 월드라구요. 안 그래, 미스 도?"

도도한 지유 할머니의 일침에 웃음이 터졌다. 미스 도 소리에 이시 누나도 대충 고개를 끄덕였다.

이시 누나는 알바를 가야 한다며 경로당 삼총사를 향해 다시 구십 도로 인사를 했다.

"바이, 씨 유 레이터!"

지유 할머니는 그중 가장 많이 배운 서울 사람답게 영어로 화답했다. 그게 또 황 여사의 심기를 살짝 건드렸는지 황 여사도 구수한 사투리 콩글리시를 이시 누나의 뒷통수에 쏘아 주었다. "씨 유, 이따 봐유!"

금산에서 올라와 아는 사람 하나 없는 할머니한테 경로당 선배 둘을 친구로 소개시켜 주고 나니 뿌듯함이 몰려왔다. 잦은 티격태격이 예상됐지만, 적어도 심심할 틈은 없어 보였다. 경로당이 없었다면 할머니는 당분간 과거의 나처럼 입에 거미줄을 치고 살았을지도 모른다. 지유도, 민수도 같은 기분이었으리라.

"우리 할아버지가 그러는데 경로당에서 일흔일곱 살이면 7호봉이래. 옛날 군대로 치면 일병이라나. 그때 그 시절엔 일병은 돼야 눈치 안 보고 라면을 끓여 먹을 수 있었다더라. 웃기지?"

"그럼, 우리 할머니는 몇 호봉이야?"

지유가 물었다.

"음, 일흔둘이면 완전 막내야, 막내. 이서 할머니는 내일모레면 여든이니까 나이 많은 신입생이네."

민수가 촐싹거리며 킬킬거렸다. 여든 어쩌고 하는 소리를 황 여사가 들었다간 영락없이 효자손으로 얻어터질 각이었다.

"그럼 우리 할머니는…… 끓인 라면 앉아서 받아먹기만 하면 되는 건가?"

내가 고개를 갸우뚱하자 민수와 지유가 소리를 지르며 하이파이브를 했다.

"야, 도이서! 너 드디어 핑퐁 대화가 가능해진 거냐!"

"이서야, 이서야, 도이서!"

민수는 내 어깨를 마구 흔들었고, 지유는 차마 말을 잇지 못한 채 내 이름만 세 번을 불러 댔다. 정말 귀찮은 녀석들, 말 몇 마디 해 준 게 이 정도로 감격스러운 일인가. 나는 놀랍기도 하고 쑥스럽기도 해 귀까지 빨개졌다.

"어휴, 성가신 것들!"

성질을 내는데도 둘은 좋다고 난리였다. 지유는 눈물이 앞을 가린다는 듯 손가락으로 눈물을 훔치는 퍼포먼스까지 했다. 욕을 먹고도 저렇게 좋아하는 얼빠진 유기체들이라니.

일주일 뒤, 일요일 아침이었다. 세수를 하려고 거실로 나온 내게 이시 누나가 매우 곤란한 표정으로 속삭였다. 한국말과 영어를 반반씩 섞어서 이야기한 걸 나름 매끈하게 다듬어 보자면 내용은 이랬다.

"이서야, 아크라 아빠한테서 이메일이 왔어. 니가 계속 문자도 카톡도 이메일도 읽지 않는다고 걱정하더라. 뭐가 잘못된 거니?"

'디든트 리드'라는 말에 갑자기 생각나는 게 있었다. 그건 내가 아빠의 문자, 카톡, 이메일을 죄다 수신 차단했다는 거다. 언젠가 풀겠지 싶었지만, 그 당시엔 할 수만 있다면 아빠의 입국까지 완벽 차단하고 싶을 만큼 미웠다.

삼촌이 한숨을 푹푹 쉬며 공항에 아빠를 배웅하러 간 사이, 나는 방문을 꼭 걸어 잠근 채 아빠의 문자, 카톡, 이메일을 차단했다. 그렇게라도 하지 않으면 물건을 부수거나 자해를 할 것 같았기 때문이었다. 그러고는 아지트로 달려가 고개를 한껏 뒤로 젖힌 채 해가 질 때까지 엄마만 바라봤다.

이시 누나가 보여준 아빠의 편지는 첫 줄만으로도 속이 답답했다. 십여 년간의 롱 스토리가 한 통에 꽉꽉 눌러 담기기라도 한 듯 읽는 내내 숨이 막혔다. 이시 누나가 내 손을 꼭 잡아 주지 않았다면 나는 중간에 탁 소리가 나도록 노트북을 덮어 버렸을 것이다.

이서가 연락이 안 돼 마음이 아프다. 이유를 알기에 더 가슴이 찢어져. 물론 지금은 네가 있어 안심이지만.

내가 유일하게 잘한 일이 널 한국에 보낸 게 아닐까 싶다.

휴, 후회해 봤자 소용없는 일이겠지만, 어렸을 때 어떻게든 널 한국으로 데려왔어야 했어.

그건 그렇고 대니 최 아저씨 알지? 최 아저씨 어머니가 돌아가셨대. 너랑 이서를 나만큼 아꼈던 분이잖냐.

나 대신 다녀와 주겠니. 장례식장이 우리 동네인데 아저씨는 외동에 귀국한 지 얼마 안 돼 아는 사람이 없어. 장례식장이 한산할까 봐 걱정이다. 부탁할게. 이서랑 같이 가 주면 더 좋고.

"오, 대니 췌 아저쒸! 두 유 리멤버?"

이시 누나의 목소리가 반사적으로 높아졌다. 나는 글쎄, 하는 표정으로 이시 누나를 바라보다가 이내 고개를 저었다.

"이서 동생, 우린 꼭 가야 해. 토끼면 안 돼, 노웨이!"

이시 누나의 말투가 점점 쏙 누나를 닮아가고 있었다. 두 손을 허리에 대고 콧김까지 뿜어 대는 게 영락없는 쏙 누나였다. 아침 당번인 삼촌이 "도 남매, 밥 먹어!"라며 방문을 열었다가 그 모습을 보곤 화들짝 놀라는 퍼포먼스를 했다.

"어맛, 완전 쏙인 줄!"

큰 덩치가 겁 많은 강아지처럼 한껏 몸을 움츠린 채 놀란 체하는 모습이 너무 웃겼다. 쏙 누나는 현재 캄보디아 고향에 가고 없었다. 삼 년 만의 나들이라고 했다.

시끄러우면서도 옳은 말, 웃긴 소리만 골라 하는 명랑한 쏙 누나를 모두 그리워하고 있었다. 특히, 할머니는 진작에 쏙 누나의 열성 팬이 됐다.

어쨌든 이시 누나는 내 웃음을 오케이 사인으로 받아들였다. 이시 누나 외에 아크라에서의 나를 알고 있는 사람을 만나는 건 처음이었기에 나도 호기심이 생겼다.

민수, 지유가 같이 있는 단톡방에서 대니 최 아저씨 장례식장 얘기를 했더니 둘의 반응이 뜨거웠다.

민수

> 어, 그분 동심 경로당 할머니 같은데. 아들 하나 있는데
> 귀국한 지 얼마 안 돼서 경로당 식구들 죄다 가기로 했다고
> 할아버지가 그랬어. 이대 서울병원 장례식장 맞지? 그치?

지유

우리 할머니도 아침부터 "아이고, 아이고, 복순 언니"
하면서 나갔어.

나

그럼 황 여사도 장례식장에? 아침부터 안 보이던데.

지유

삼총사니까 같이 갔겠지.

민수

우리도 삼총사니까 같이 갈까?

엉뚱한 녀석, 장례식장이 무슨 PC방도 아니고. 그런데 지유의
반응이 의외였다.

지유

어제 돌아가셨단 소리 듣고 장례식장 텅 빌까 봐 할머니가
경로당 식구들한테 죄다 전화 돌리고 난리더라.

민수

할아버지 왈, 자고로 경사는 몰라도 애사엔 사람들 발길이
북적거려야 한대.

지유

그럼 우리도 갈까, 난 시간 되는데.

민수

나도 콜!

나

둘 다 뭐라는 거야. 게다가 지유는 몰라도 민수 넌
들켰다간 내가 더 미움받아. 그러니까 특강 빼먹지 마, 인마.

민수

아 씨, 오늘 특강 없어, 쉐꺄. 니들, 나 버리면 듀거.

지유

그래, 다 같이 가자. 이시 언니도 좋아할 거야.

어렸을 때부터 봐 온 민수야 워낙 철이 없어서 저런다 치지만
지유는 정말 의외였다.

지유

이 기회에 니들한테 할 얘기도 있고.

나

장례식장에서?

민수

심야괴담 뭐 그런 거? 내 얘기도 엄청 흥미진진할 거야.

지유

암튼 이따 봐.

지유는 대체 무슨 이야기를 하려는 걸까. 민수 얘기는 또 뭐고. 눈치 백 단인 내가 이렇게까지 짐작이 안 되는 상황은 난생처음이었다.

장례식장에 가는 기분이 이래도 되는지 헷갈렸지만 함께라서 좋긴 했다. 삼촌에 쪽 누나까지 같이 있었다면 그야말로 천하무적 어벤져스가 된 기분일 텐데.

엄마의 장례식장에서 난 철저하게 혼자였다. 모두들 내가 얼마나 슬픈지 얼마나 아픈지보다 우는지 안 우는지 그것만 궁금해했다. 그날은 목소리뿐만 아니라 눈물샘까지 막힌 것 같았다. 그 허허벌판 같은 장례식장엔 내 한 몸 숨길 만한 공간 따윈 없었다. 장례식장 안쪽 유가족을 위한 작은 방 한 칸엔 며느리를 먼저 보낸 할머니가 머리를 싸맨 채 누워 있었고, 그 옆에선 말 많은 이모할머니가 끊임없이 돌아가신 엄마 흉을 보느라 입이 마를 정도였으니까. 눈을 둘 데라곤 휴대폰밖에 없었다. 슬픈 것보다 슬퍼할 시간과 공간이 없다는 게 나로선 더 견디기 힘든 일이었다.

혹시라도 엄마가 끓여 준 '계란떡만두햄치즈김치라면' 비슷한 것이라도 있는지 유튜브를 샅샅이 뒤지다 지치면 그냥 꺼진 휴대폰 화면에 눈을 박제한 채 웬만하면 고개를 들지 않았다. 사람들과 눈이라도 마주쳤다간 눈물 자국 하나 없이 바싹 마른 내 눈을 가리키며 자기들 멋대로 삼류 막장 소설을 써 내려갈 것이 분명했으므로.

마음대로 슬퍼하고 쓰러질 듯 흐느적거리는 아빠가 나는 더 미웠다. 엄마의 장례식장인데도 불구하고 사람들의 측은지심은 모두 아빠에게로 향해 있었다. 아크라에서 돌아온 뒤로 집보다 병원에서 지낸 시간이 더 많은 엄마도, 목구멍이 막혀 "엄마, 사랑해!"라는 말 한마디 제대로 해 보지 못한 나도 그 무대의 주인공이 될 수 없었다.

그런데 대니 최 아저씨 어머니, 그러니까 동심 경로당 17호봉 87세 할머니의 장례식장은 분위기가 사뭇 달랐다. 평생 해외를 떠돌다 귀국한 지 얼마 안 되는 아들과 채 석 달도 살지 못한 채 돌아가신 건 안타깝지만, 요양원에도 가지 않고 자신의 방에서 큰 고통 없이 별세한 건 축복 중의 축복이라는 듯 왁자지껄했다.

하나 있는 아들이 가난하고 험한 나라에서 평생 헌신한 덕분에 그 복을 복순 할머니가 다 받은 거라며 모두 대니 최 아저씨를 칭찬했다.

우리 할머니는 "죽고 싶어도 장가 못 간 늙은 아들이랑 불쌍한 손주 때문에 사는 거다, 으이그 내 팔자야"라고 했고, 민수 할아버지는 "복순 누나처럼 아흔은 넘기지 말아야 할 텐데. 자식 있으면 뭐 하누, 종착역은 요양원인걸" 하셨다. 지유 할머니는 "장례식장 와서 자기들 신세 한탄만 하시네" 하며 분위기 파악 못 하는 언니, 오빠를 향해 귀여운 지청구를 날렸다.

세 분은 나와 이시 누나, 민수, 지유를 보고는 크게 놀랐다. 특히,

우리 할머니는 "내가 이제 헛것이 보이네. 복순 언니 다음은 난 게벼" 하면서 눈까지 문질렀다.

사정을 설명하자 처음 보는 할머니, 할아버지까지 달려와 이시 누나의 손을 냉큼 잡았다.

"아프리카 아가씨가 의리가 좋네그려."

"위 아 더 월드다, 위 아 더 월드."

"그나저나 상주는 어디 간 게야?"

"멀리서 온 조문객 배웅 나간 게지. 담배도 한 대 태울 겸."

정말이지 동심 경로당 어르신들은 내가 궁금해할 틈을 주지 않았다. 실시간 토크쇼라도 하듯 모든 상황을 설명해 주니 이보다 더 편할 수는 없었다.

그때 대니 최 아저씨로 보이는 오십 대 남성이 이시 누나와 나를 발견하고는 구두를 벗어던지다시피 하며 달려왔다.

"도이시 미켈란! 많이 컸네. 너는 이서지?"

대니 최 아저씨가 정확하게 나를 가리키며 말했다. 옆에서 지켜보던 할머니가 우선 고인께 예부터 표하라며 눈짓을 주었다. 민수 할아버지는 수육 접시에 눈이 팔린 민수를 향해 "너도 따라가. 먹기 전에 복순 할머니한테 인사부터 드려야" 했다. 이에 질세라 지유 할머니도 새초롬하게 앉아 있는 지유의 소맷자락을 여러 번 잡아당겼다.

이시 누나는 동영상을 보고 연습한 대로 제단까지 사뿐사뿐 걸어가 조심스러운 손길로 대표 헌화를 했다. 다들 몰랐겠지만, 누나의 손이 바들바들 떨리고 있었다. 마지막으로 상주와 맞절을 하려고 했으나 대니 최 아저씨가 조용히 말렸다.

"It's alright. You just need to pay a silent tribute for about 30 seconds." (괜찮아. 너희는 삼십 초 정도 묵념만 하면 돼.)

그렇게 우리는 두 줄로 나란히 서서 복순 할머니한테 묵념을 했다. 나는 딱 한마디만 했다.

'할머니, 죄송한데, 우리 엄마 만나서 이 얘기 좀 꼭 해주세요. 이제 더 이상 제 걱정은 하지 말라고요. 부탁드려요.'

지유와 나는 거의 동시에 고개를 들었으나 이상하게도 민수 녀석이 좀처럼 고개를 들지 않았다. 두 눈을 풀로 붙인 듯 꼭 감은 채였다. 내가 옆구리를 쿡 찌르자 그제야 심 봉사처럼 감았던 눈을 번쩍 떴다. 지유가 웃음을 참느라 입술을 꼭 깨무는 게 보였다. 어휴, 여하튼 대책 없는 녀석이라니까.

대니 최 아저씨는 콜라라도 한잔 마시고 가라며 신신당부를 했다.

"우리 어머니, 손주 보는 게 평생소원이었는데 이렇게 너희들이라도 와 주어 얼굴 반쪽이라도 들게 됐구나. 정말 고맙다, 얘들아. 할 얘기도 있고 하니 콜라라도 마시며 잠깐 기다려 주겠니."

대니 최 아저씨가 또 다른 조문객을 맞으러 간 사이, 우리는 동심 경로당 삼총사 테이블에 끼어 앉아 콜라를 마셨다. 나도, 지유도, 이시 누나도 장례식장에서 허겁지겁 뭘 먹는다는 게 쉽지 않은 캐릭터들이었다.

그러나 민수 녀석은 육개장 한 그릇을 뚝딱 해치웠다. 할아버지가 집어 주는 수육도 마다하지 않고 여러 점 먹었다. 그것도 새우 젓까지 찍어 야무지게. 그러더니 갑자기 할아버지를 향해 눈을 껌뻑였다. 뭔가 단단히 할 말이 있는 눈치였다.

"할아버지."

"수육이냐, 떡이냐."

"아니, 그게 아니고요……. 내일모레 학교에 좀 와 주시면 안 돼요?"

"학교에? 가야 하면 가야겠지만…… 느이 에미 애비는 어쩌고 나더러 학교에 오라는 겨?"

"좋은 일은 아니라서요."

"혹시 사고 쳤냐? 겨, 아녀?"

"큰 건 아니고요, 아주 작은 거요. 어 리를."

"얼른 말 못 해? 속 터져 죽겠네, 정말."

"먼저 약속해 주세요. 엄마, 아빠 대신 학교에 와 주신다고."

녀석이 장례식장에 따라온 건 다 꿍꿍이가 있어서였다. 어수선한 틈을 타 목적을 달성하려는 검은 의도랄까. 나 같으면 저런 얘기를 지유나 다른 사람들이 있는 데서 하지는 못할 것 같은데, 아무튼 내 친구지만 특이한 녀석이 아닐 수 없다. 더 이해가 안 되는 건 그 와중에도 육개장 한 그릇을 게 눈 감추듯 먹어 치웠다는 거다.

"사고 쳐 놓고 밥이 목구멍으로 넘어가냐, 이놈아."

"때 놓치면 키 안 큰다면서요."

어쭈, 말대꾸까지.

"같은 반 새끼들이 이서랑 이시 누나보고 험한 말을 하잖아요. 그래서……."

잠깐 주춤하던 민수가 할아버지의 귀에 대고 나머지 이야기를 마저 하는 게 보였다. 다 듣고 난 민수 할아버지의 얼굴이 붉으락 푸르락해졌다.

"아니, 이런 십장생 같은 새끼들이 주둥이에 걸레를 물었나. 잘했다, 잘했어, 우리 손주. 그런 것들은 욕을 두레박으로 처먹어도 된다. 겨, 아녀?"

"겨 맞는데요, 문제는 벌점을 받는다는 거예요, 할아버지. 엄마, 아빠 알면 난리 날 거라서."

"그깟 벌점이 대수냐. 때린 것도 아니고 개싸가지들한테 육두문자 좀 한두 마디 했기로서니!"

"저도 그 순간에 그런 찰진 욕이 튀어나오리라고는 생각도 못했어요. 이게요, 할아버지, 반사작용 같은 거라……."

민수와 같은 반 녀석들이 뭐라고 떠들어 댔을지 안 봐도 비디오였다. 나보고는 목구멍에 거미줄 친 병신이라고 했겠지. 이시 누나한테는 인종차별적인 발언을 서슴지 않았을 테고.

황 여사가 급발진한 건 당연지사였다. 집이었다면 분에 못 이겨 효자손을 허공에 마구 휘둘렀을 것이다.

"대가리에 피도 안 마른 쥐똥만 한 것들이 가만히 있는 우리 손주들한테 욕을 날려? 감히?"

지유 할머니도, 지유도 흥분을 참지 못하고 한마디씩 보탰다.

"그게 다 인터넷의 폐해라니까요, 언니. 애들만 탓할 건 못 돼요."

"그런 것들한텐 욕도 아깝다, 민수야."

가만히 듣고 있던 이시 누나가 주먹으로 테이블을 쾅 내리쳤다. 완벽하진 않지만, 대충은 다 알아들은 것 같았다. 그러더니 두 손을 허리에 대고 이렇게 외쳤다. 듣자 하니 한두 번 해 본 솜씨가 아니었다.

"웃기시네. 나, 이대 다니는 여자야."

이시 누나가 저렇게 코믹하게 변한 건 누가 봐도 쏙 누나가 밤낮으로 트레이닝한 결과이리라. 장소가 장소인지라 크게 웃을 수는 없었지만, 모두 테이블 아래에 고개를 묻고 키득거렸다. 저게 무슨 소리인지 당최 감을 못 잡은 우리 할머니 황 여사만 빼고. 할머니는 막장 드라마와 트로트 가수가 나오는 경연 프로그램 외에는 관심이 1도 없는 사람이었다.

그 와중에 민수가 속삭이듯 혼잣말을 했다.

"혹시 여기 컵라면도 있으려나."

격정과는 달리 빈소엔 사람들이 꼬리에 꼬리를 물고 찾아왔다.

대부분 아프리카에서 구호 활동을 펼치는 여러 비영리단체 관계자들이었다. 대니 최 아저씨는 조문객 맞으랴, 상조회사 담당자와 장례 일정 논의하랴, 입관 준비하랴, 몸이 두 개라도 모자랄 판이었다. 우리더러 기다리라던 아저씨는 "나중에 집으로 찾아가마. 빈소에선 어머니를 추억할 여력조차 없구나"라고 했다.

이시 누나는 아프리카 식당 아르바이트 때문에 제일 먼저 자리를 떴다. 뒤를 이어 우리 삼총사도 빈소를 빠져나왔다. 복도에는 국경없는의사회, 유니세프한국위원회, 링킹더월드, 가나대사관 등에서 온 화환이 줄지어 서 있었다. 장례식장이 워낙 촘촘하게 붙어 있어 바로 옆 호실의 화환도 반쯤은 이쪽으로 넘어와 있었다.

그런데 지유가 안 보였다. 배가 아프다며 화장실로 달려간 민수를 기다리느라 잠깐 한눈을 판 사이, 감쪽같이 지유가 사라진 것이다. 여자 화장실 쪽을 계속 흘끔거려 봤지만, 지유는 없었다. 왠지 예감이 좋지 않았다.

'맞다, 지유가 할 말이 있다고 했었지. 그런데 갑자기 어디로 사라진 거야? 방금까지만 해도 여기 있었는데.'

특실을 중심으로 2, 3, 4호실이 차례대로 붙어 있는 5층 복도를 되짚어 가며 혹시라도 지유가 있는지 눈으로 살피고 있는데 급똥을 해결한 민수가 다가와 어깨를 툭 쳤다.

"지유, 어딨냐? 설마 먼저 간 거야?"

"모르겠어……."

"화장실 간 건 아니고?"

"응."

드디어 반쯤 열린 비상계단에서 동상처럼 서 있는 지유와 지유를 둘러싼 한 무리의 여중생을 보았다. 민수도 지유의 실루엣을 알아보았다. 몇 미터 떨어진 거리였는데도 나는 본능적으로 지유의 전원이 꺼져 있다는 걸 알 수 있었다. 껄렁해 보이는 그 무리는 팔짱을 끼거나 짝다리를 짚은 채 지유를 몰아세우고 있었다. 대충 봐도 네 명은 훨씬 넘어 보였다.

"야, 니가 어디라고 여길 와. 븅신 같은 게."

"베프 불구경하다 들키니까 쪽팔려서 전학 간 년이."

"너 설마, 경서 아빠 죽으라고 밤낮으로 빌었냐?"

"어디로 전학 갔나 심히 궁금했는데, 이 동네구나. 넌 이제 죽었어."

"뭐야, 연기 쩔어. 꼼짝도 안 하네."

"왜? 지하철 트라우마 땜에 움직일 수가 업떴떠요, 또 이 지랄 하려고?"

무리는 번갈아 가며 지유를 찔러 댔다. 나는 도저히 참을 수가 없었다. 어서 지유의 전원을 켜 줘야 한다. 골든타임을 놓치면 지유가 기절할지도 모른다. 나는 멈칫하는 민수를 남겨 둔 채 무리를 향해 돌진했다. 그러고는 그 틈을 애써 비집고는 지유의 굳은 손을 꼭 잡았다.

"가자, 지유야."

"뭐야, 이 새끼는. 벌써 남친까지?"

"와, 여우 꼬다리 같은 년."

손을 잡아 이끄는 데도 지유가 도통 움직일 생각을 안 했다. 조급해진 나는 속에서 천불이 나는 것만 같았다. 지유의 어깨를 잡고 세게 흔들자 그제야 지유가 경련을 일으키듯 온몸을 바르르 떨었다. 나는 화가 치밀어 주체할 수가 없었다.

"꺼져, 이 미친년들아. 너희들이 뭘 알아. 이게 연기 같아? 이게 연기 같냐고!"

한 번도 들어 본 적 없는 나의 벼락같은 고함 소리에 지유가 침을 꼴깍 삼켰다. 그러자 껄렁 무리들이 "뭐야, 씨발" 하며 나를 툭툭 쳤다.

"씨발, 아주 애를 잡네, 잡아. 너희들, 학폭으로 콩밥 좀 먹어 볼래? 이 조카크레파스십팔색 같은 것들아."

어느새 뒤쫓아온 민수가 매우 찰진 육두문자와 다부진 어깨로 껄렁 무리를 막아서지 않았더라면 나는 분명히 몇 대 얻어터지고도 남았을 것이다.

장례식장 밖으로 나온 뒤에도 지유의 몸은 공포로 얼어붙어 있었다.

"집에 데려다줄까?"

민수가 묻자 지유는 힘없이 고개를 저었다.

"미안한데, 아지트로 가자."

햇빛이 따사로운 토요일 오후, 장례식장에서 빠져나와 동심 경로당 옥상에 드러누운 지유는 거의 삼십 분 동안 아무 말도 하지 않았다. 민수와 나도 그 침묵을 묵묵히 기다렸다. 우리는 셋 다 숨소리도 죽인 채 푸르디푸른 하늘만 눈이 무르도록 쳐다보았다.

지유의 침묵이라……. 침묵을 선택할 수 있다는 건 참 부러운 일이 아닐 수 없다. 물론 아주 가끔, 정말 드물게 침묵이 강력한 무기로 작용하는 때도 있긴 하지만. 그러나 정작 필요할 땐 아무리 애써도 말을 할 수 없는 난감한 존재……. 당황한 순간에 말을 퍼 올렸다간 피에로처럼 우스꽝스러운 형상이 되어 버리는 초라한 존재……. 그게 바로 나, 도이서였다. 반대로 지유는 전압기가 아예 내려간 것처럼 움직이지 못하는 고통을 겪는다. 차라리 표가 나게 다치거나 아프다면 확실한 처방전이라도 있을 텐데.

왜 그랬을까. 왜 그렇게 되어 버렸을까. 내 경우, 말이 나를 찌르는 단검이 될 수도 있다는 걸 너무 일찍 깨달아서일까, 아니면 이 세상에 말처럼 허무하고 가성비 떨어지는 건 없다고 믿게 된 '특정'한 계기라도 있었던 걸까. 그래서 내 안에 빙빙 돌던 말들이 화석처럼 굳어지고 가루가 되어 부서진 건가. 아무튼 지금까지 내게 말이란 건, 흉하게 말라 버린 시냇물 같은 것이었다. 손에 잡히지 않는 허무한 공기 같은 것이었다.

그래서일까, 지유를 지켜야 한다는 절박함이 오롯이 소리가 되어 공중을 쩌렁쩌렁 울렸을 때 나는 미칠 듯한 쾌감을 느꼈다. 마치 해동된 냉동인간처럼 얼었던 숨이 탁 터지는 그런 느낌이었다.

얼마 전, 이시 누나를 위해 "할머니, 저 이시 누나 덕분에 말도 하고 영어도 되게 잘해요"라고 읊조리듯 이야기한 적도 있지만, 그것과는 결도 차원도 모두 달랐다.

그때 내가 아무 말도 하지 못했다면 나는 두고두고 모진 후회의 시간을 견뎌야 했을 것이다. 무기력한 피에로처럼 입꼬리를 위로 올린 채 숨만 헐떡거렸다면 말이다. 뭔지 모를 응어리들이 순식간에 하나로 뭉쳐져 버벅거림 하나 없이 펑 하고 터져 버린 것 같은 극강의 시원함이랄까. 어쩌면 그때 나는 지유의 전원을, 지유는 나의 전원을 켜 준 게 아닐까 싶어 눈물이 차오르려던 순간, 이번에는 민수가 침묵을 깨고 모두의 전원을 켰다.

"자세한 사정은 모르겠지만, 그런 것들한테 더는 니 시간을 저당 잡히지 마. 욕은 이서랑 내가 겁나 찰지게 해 줬으니까. 오해는 마라, 내가 욕은 좀 잘하지만, 최소한 때와 장소는 가린다. 겨, 아녀?"

낮과 밤이 바뀌는 오묘한 시간

나, 김지유. 솔직히 놀랐다:

그런 것들한테 더는 니 시간 저당 잡히지 마, 라고 한 민수한테.

거친 민수 녀석한테 저런 감성이 숨어 있다니. 어쩌면 민수의 욕설은 이서의 '선택적 함구증', 나의 '그 자리에 얼음' 증세처럼 터져 나오는 당황, 분노, 아픔을 일시적으로 틀어막아 줄 휴지 같은 건 아닐는지. 어쨌든 민수의 꽤 멋진 위로에 까맣게 잊고 있었던 '할 말'이 떠올랐다.

"지금부터 매우 솔직한 이야기를 할 거야. 이해 불가, 실소 유발 대목도 있겠지만 그냥 들어줬으면 좋겠어."

"들어주는 거야 도이서 전문이고, 나도 되도록 입을 열지 않을게. 약속."

민수가 귀엽게 웃었다. 거친 말만 아니라면 꽤 촉촉한 아이였다, 민수는. 도이서는 역시 아무 대꾸 없이 고개만 끄덕였다. '그래 봤자 나만 하겠냐. 우리 집은 하루하루가 이해 불가, 실소 유발인데'라고 하는 것 같았다. 나는 침을 한 번 꿀꺽 삼켰다.

"작년에 엄마, 아빠 이혼, 각각 재혼. 두 집구석 다 나를 맡게 될까 봐 엄청 떨더라. 보육원 간다고 난리 쳤더니 이모랑 할머니가 거둬 줬어. 고등학교 졸업과 동시에 독립할 거야. 결혼도 안 한 이모한테 더는 부담 주고 싶지 않으니까. 그거 아냐, 완벽하게 버림받은 느낌. 아니, 쓰레기통에 거꾸로 처박힌 느낌. 정말 감당이 안 됐어. 그래서 우울하기 짝이 없는 장례식장을 골라 순례하기 시작했지. 펑펑 울고 싶어서. 불손한 짓이라는 건 알지만 그래야만 내가 살 수 있을 것 같았거든."

죄책감을 견디지 못하고 불면증에 시달리다 먼저 저세상으로 간 세월호 의인 청년의 빈소 이야기를 하자 이서도 민수도 말이 없었다.

"복순 할머니 빈소에서 묵념할 때 이렇게 빌었어. 할머니, 저 대신 그분 좀 꼭 안아 주세요. 죄송하다고, 감사했다고, 하늘나라에선 푹 주무시라고, 지유가 늘 기억할 거라고."

"어유, 쪽팔려. 나는 벌점 안 받게 해 달라고 빌었는데."

민수가 코를 훌쩍거리며 진심으로 부끄러워했다.

"음, 그날, 왜 그랬는지 모르겠지만, 지하철에서 나를 버린 인간들 카톡을 하나하나 뒤져 보고 있었어. 근데 경쟁이라도 하듯 카스에 임신 소식을 올려놨더라. 음, 우리 엄마, 아빠 말이야, 스물에

날 낳았거든. 그러니 이번이 초산이라고 해도 이상할 것 하나 없지. 새엄마란 여자도 스물여덟이고. 갑자기 다리가 마구 후들거리고 머릿속이 아득해지더라. 엎친 데 덮친 격으로 지하철 사고까지. 어찌어찌 사람들한테 떠밀리듯 밖으로 나오긴 했는데…… 몸이 말을 안 듣는 거야. 가위눌림 알지? 딱 그거더라고. 의식은 있는데 몸은 굳어 버린. 옆자리 할머니 아니었으면 난 최소한 중상이었을 거야."

"하……."

"후……."

이서가 커다랗게 날숨을 쏟았다. 민수도 따라 했다.

"불구경에 비하면 큰일도 아니지만, 경서 말이야, 베프라고 생각했는데 엄마, 아빠 이혼 후에 교묘하게 나를 왕따시켰어. 꼭 우리 엄마, 아빠처럼. 그 인간들, 너한테 선택지를 줄게, 말은 그렇게 했지만 둘 다 선택당할까 봐 긴장 또 긴장. 경서도 마찬가지였어. 겉으론 위로하는 척하면서 점점 카톡을 읽씹하고 같이 매점도 안 가고. 어느 순간 아까 빈소에서 본 그 애들이랑 우르르 몰려다니며 내 험담까지 하더라. 그런데 과학실 화재 사건이 난 거야."

나는 잠시 말을 끊었다. 진실을 이야기하면 혹시라도 이서와 민수가 나를 끔찍해하지는 않을까 걱정이 되었지만, 더 이상 거짓말로 두 친구를 기만하고 싶지는 않았다. 나를 위해 몸을 사리지 않고 달려와 준 민수와 고통을 참아 가며 드디어 알을 깨고 나온 이서가 아니던가.

"있잖아…… 너한테 전에…… 너무 당황해서 움직일 수 없었다는 말은 거짓말이었어. 미안해, 이서야. 그 애가 죽길 바란 건 아니지만 그런 생각을 해 버렸어. 어때, 혼자 된 기분이? 아무도 손 내밀어 주는 사람 없이 혼자 불길을 감당해야 하는 기분이? 단 일 분만이라도 느껴 봐, 그 고통."

울지 않으려고 했으나 나도 모르게 눈물이 흘렀다. 심각하게 듣고 있던 민수가 자신의 티셔츠 앞자락을 선뜻 빌려 주었다.

"하……."

"후……."

이번엔 민수가 먼저 한숨을 내쉬었다. 이서도 따라 했다.

"먼저 이서한테 사과하고 싶어. 대체로 사실이지만 일이 분 정도 경서가 당황하는 걸 보고만 있었다는 건 차마 털어놓을 수가 없었어. 너무 쓰레기 같잖냐. 휴, 이서 너랑은 꼭 친구가 되고 싶거든. 그렇지만 이서야, 그 순간으로 되돌아 간다고 해도 달라지진 않을 것 같아. 있잖아, 난 엄마, 아빠보다 경서 때문에 더 아프고 힘들었으니까."

"괜찮아. 나한텐 사과 안 해도 돼."

이서의 목소리는 성우감이었다. 특히, 저렇게 나지막하게 이야기할 땐 두 배로 멋있었다.

"아 씨, 인생 존나 불공평해. 사과는 니가 받았어야지. 진짜 미안해해야 할 인간들은 사과가 뭔지도 몰라. 너네 엄마, 아빠도, 그 경서라는 계집애도.”

거친 말을 하느라 잔뜩 튀어나온 민수의 입술을 이서가 꼬집는 시늉을 했다. 욕은 거슬렸지만, 내 편을 들어주는 민수가 정말 고마웠다. 존나 대신 매우 혹은 상당히, 라고 했다면 더 좋았겠지만.

“지금부터 정말 중요한 얘기야.”

“뭐야, 이보다 더 중요한 얘기가 또 있다는 거야?”

역시 성격 급한 민수였다. 나는 또 울음이 터지려는 걸 막고자 큼큼 헛기침을 여러 번 했다. 이서를 처음 본 장례식장 얘기를 하려니 저절로 가슴께가 뻐근해졌다.

“이서를 처음 본 게 장례식장이었어. 이서 엄마 빈소 말이야. 그날도 뭐에 홀린 듯 장례식장 순례를 했고, 거기서 좀비가 된 것 같은 이서를 봤어. 한참을 살펴보다 화장실에 갔는데 사람들이 막 이서 얘기를 지껄이더라. 그때 알게 됐어. 노고산 중학교 3학년 4반이고, 나처럼 제대로 소리 내 울지도 못할 만큼 가슴속 우물이 바싹 말라 버린 아이라는 거.”

이서가 나를 지그시 바라보더니 위아래로 고개를 끄덕였다. 잊어버린 퍼즐 한 조각을 그제야 다 맞춘 것처럼 한결 편안해진 눈빛이었다.

“교육청 홈페이지 보니까 마침 노고산 중학교에 전학 티오가 있더라. 이거다 싶었지. 우리 아빠, 묻지도 않고 전학동의서에 사인을 해 주더라고. 하긴 어렸을 때도 외할머니가 부모 노릇 다했어. 그런데 그땐 왜 그렇게 기분이 엿 같은 거니?"

"당근 아냐? 할머니가 엄마, 아빠는 아니잖아. 근데 지유야, 그때 난 못 봤냐? 나도 장례식장에 갔었는데. 그때 날 봤으면 그날부터 나한테 푹 빠졌을 거라고 장담한다."

민수가 저렇게 실없는 소리를 툭툭 던지는 건 극도로 무거운 분위기를 희석시키기 위해서다. 처음엔 몰랐는데 지금은 그냥 알 수 있었다. 게다가 그 흰소리에 반응하다 보면 진짜로 긴장이 풀어지기도 했다.

"훗, 글쎄. 그건 장담 못 하겠는데? 그때 거기서 이서의 텅 빈 눈을 봤어. 혹시 민수 너도 봤어? 난 단박에 이서 마음을 알겠더라고."

"나도 봤지. 우린 아는데 정작 이서 이 쉐끼 잘 몰라. 음, 지유야, 그래도 이제 장례식장 순례는 하지 말자. 대신 위태롭고 외로울 땐 아지트로 와. 좋잖아? 하늘도 있고 나처럼 멋진 친구도 있고."

그 소리에 나는 진심으로 심쿵했다. 그동안은 민수가 가까워지고 싶다는 시그널을 보내도 그냥 그러려니 했다. 이서만큼 편안한 친구였지만, 거친 말투와 높은 데시벨은 별로였으니까. 그런데 오늘은 여러 차례 나를 놀라게 하는 그야말로 '쏘 스윗' 민수였다.

"솔직하게 말해 줘서 고맙다, 김지유. 나도 너희랑 있으면 하고 싶은 말이 너무 많아……."

이서가 고개를 푹 숙였다. 나도 눈가에 스민 눈물을 슬쩍 닦아 냈다. 민수는 아예 등을 돌리고 있었다.

어느새 하늘이 온통 붉은 노을로 물들어 있었다. 낮과 밤이 바뀌는 이 오묘한 시간에 불어오던 5월의 꽃바람을 나는 평생 잊을 수 없을 것 같았다.

행복한 나비가 될 거야

나 하민수, 예상은 했지만 이 정도일 줄이야.

아파트 현관문을 열자마자 화살촉처럼 날카로운 엄마의 목소리가 사정없이 날아왔다. 갑자기 심한 허기가 느껴졌다. 그러고 보니 이서, 지유, 나 모두 저녁을 먹지 않았다. 배 속에선 이내 시냇물 흘러가는 소리까지 들렸다.

"이 새끼가 겁대가리를 상실했나. 학원도 빠지고 어딜 싸돌아다니다 이제 기어 들어오는 거야?"

아빠도 질세라 찢어질 듯한 목소리로 화를 냈다.

"학교에서 뭔 짓을 하고 다니길래 학부모 호출이야? 부모 망신을 시켜도 유분수지!"

할머니 장례식장엔 안 가도 학원은 절대 빠지면 안 되는 게 엄마의 철칙이요, 세상에서 가장 중요한 게 남의 시선인 사람이 아빠이니 둘의 반응은 충분히 예상 가능했다. 그런데 이상하게도 오늘은 그냥 넘길 수가 없었다. 그래도 참아 보자, 나도 잘한 건 없으니 상황을 더 크게 부풀리지 말고 전처럼 엄마, 아빠가 원하는 솔루션을 제공하자, 되뇌며 신발을 벗으려는 순간 소파에 있어야 할 쿠션이 내 쪽으로 날아왔다.

"아, 저 자식, 할아버지 믿고 까부네. 아빠 말이 말 같지 않아?"

"내가 뭐랬어. 아버님 때문에 민수 루틴이 엉망진창이 됐다고 했잖아."

역시나 둘은 나를 핑계로 평소 하고 싶었던 말을 쏟아 내기 시작했다. 내가 왜 그랬는지는 전혀 중요하지 않았다. 이미 알고는 있지만 당하는 매 순간 혀를 깨물고 싶을 만큼 참담하다는 것도 엄마, 아빠는 알 리 없겠지. 쿠션을 보자 빗장이 풀리듯 분노가 솟구쳤다.

"아, 씨발, 부모라면서 그러면 안 되는 거 아냐? 먼저 내가 왜 그랬는지, 밥은 먹고 다니냐고 물어보는 게 정상이지! 틈만 나면 둘이 욕하고 싸우느라 중딩 아들 귀 틀어막고 방에 숨어 있었던 건 몰랐지? 존나 스트레스받아서 키 안 크고 잠 못 자는 건? 할아버지 있어서 그나마 키도 크고 잠도 잘 자는데, 왜 맨날 할아버지 못 쫓아내서 안달이냐고!"

갑작스러운 포효에 당황했는지 엄마, 아빠 다 얼굴이 벌게졌다. 아빠가 주먹을 쥔 채 나를 노려보았다. 그러더니 고작 한다는 소리가 이랬다. 반성의 여지 같은 건 두 사람의 사전엔 없었다.

"뭐, 뭐야, 저 새끼. 아빠 앞에서 씨발? 존나? 와, 정말 개막장이

따로 없구먼.”

“아버님이 민수 버릇 완전 망쳐 놨어. 젠장, 어쩔 거야? 어쩔 거냐고?”

정말 말이 안 통하는 엄마, 아빠였다.

“제발, 좀. 욕 좀 안 할 순 없어? 한 번만이라도 내 마음이 어떤지 물어볼 순 없냐고! 더 솔직하게 말해 줘? 나 특목고 가기 싫어! 자신 없다고! 그만 좀 몰아붙여, 제발! 엄마, 아빠 얼굴 보면 역겨워서 토할 것 같으니까!”

배드 타이밍이란 건 이런 상황을 두고 하는 말이 아닐까. 띠띠띠띠 비밀번호를 누르는 소리가 나더니 곧이어 현관문이 열리고 저벅저벅 할아버지가 들어섰다. 할아버지는 신발도 벗지 못한 채 눈물범벅이 된 나를 한 번, 내 앞에 떨어진 쿠션을 한 번 쳐다보더니 얼굴이 완전 흙빛으로 일그러졌다.

“하…….”

저절로 한숨이 터졌다. 안 그래도 할아버지가 온 뒤부터 심사가 꼬일 대로 꼬인 부모님인데, 나까지 전에 없는 학교 벌점에 급발진이라니! 그러니 모든 핑계를 할아버지한테 댈 수 있는 절호의 기회를 알아서 갖다 바친 격이랄까. 소름이 돋을 만큼 후회스러웠지만, 주워 담을 수도 없는 노릇이었다.

그런 내 마음을 읽기라도 한 듯 할아버지가 내 손을 움켜쥔 채 거실로 들어섰다. 더 통쾌한 건 현관 앞에 떨어진 쿠션을 할아버지가 자신의 긴 다리를 이용해 손흥민 뺨치는 인스텝 킥으로 다시 거칠게 날려 보냈다는 거다. 그건 눈을 부라리며 심한 욕설을 한 것보다, 눈앞에서 주먹을 휘두르며 막말을 한 것보다 훨씬 더 위협적이었다.

나는 안다, 엄마, 아빠 모두 할아버지가 없는 데선 미친 듯이 할아버지 흉을 보았지만, 정작 할아버지 앞에선 할아버지가 눈만 부릅떠도 움찔할 만큼 무서워한다는 걸. 물론 할아버지는 엄마, 아빠가 저러는 건 아직 물려주지 않은 재산이 꽤 되기 때문이라고 했지만.

"민수 이렇게 된 건 니들 말대로 다 내 탓이다. 밤낮으로 돈만 벌고 무섭게만 굴었지, 예의라곤 손톱만큼도 못 가르쳤으니 니가 요 모냥 요 꼴로 큰 게다. 그래도 넌 많이 배운 사람이잖냐. 나보다 훨씬 나은 인간 되라고, 좋은 사람 되라고, 뼈 빠지게 일해서 남부럽지 않게 가르쳤는데, 젠장, 보람도 없이 입만 열면 욕지거리에 비교질이니 민수가 대체 뭘 배우고 익혔겠어."

"아버지가 이렇게 싸고도시니까……."

"싸고돌긴 뭘 싸고돌아? 니들은 눈을 폼으로 달고 다니냐! 엄마, 아빠 실망 안 시키려고 학교에, 학원에, 과외에, 특강까지. 하루 종일 공부만 해 대니 애 정신이 온전하겠냐구. 니들, 민수가 몽유병 있는 것도 모르지? 밤마다 휘적휘적 풍선 인형처럼 거실 걸어 다니는 거 알고나 있었냐고! 언젠가 니들 이렇게 나올 줄 알고 내가 녹화 다 떠났다. 불쌍한 민수, 더 닦달했다간 남은 재산 몽땅 동심 경로당에 기부하고 여차하면 상속재산반환 소송에 양육권 소송까지 해 버릴 테니까 그리 알거라."

엄마, 아빠가 어떤 표정을 지었는지는 기억이 나지 않는다. 할아버지가 틈을 주지 않고 내 손을 잡은 채 그대로 방으로 들어와 버렸기 때문이다. 나는 참지 못하고 방문을 살짝 열어 엄마, 아빠의 동태를 살폈다. 어느 대목에서 얼음이 된 건지는 알 수 없지만, 적잖이 충격을 받은 건 확실했다. 십 분이 훨씬 지났는데도 엄마, 아빠는 움직일 기미가 도통 보이지 않았다.

궁금했다. 아빠가 충격을 받은 건 과연 어떤 대목에서였을까. 몽유병이었을까, 상속재산반환 소송이었을까. 딸깍 소리가 최대한 안 나도록 살그머니 문을 닫은 뒤 윗옷을 벗어 옷장에 걸고 있는 할아버지의 등을 향해 내가 물었다.

"할아버지, 저 정말 몽유병이에요?"

침대에 걸터앉은 할아버지가 내 머리를 쓰다듬었다.

"이 집에 온 첫날 밤중에 니가 책가방을 메고 거실에 나와 있는 걸 봤어. 얼마나 놀랐는지 몰라. 그 뒤로 밤마다 지켜봤지. 어차피 초저녁잠 자고 나면 새벽까지 잠이 안 와서 자주 깨어 있었거든. 병원 갈 때 의사한테 보여 주려고 일부러 촬영도 했다. 다행히 서너 번 더 그러고는 멈췄어. 니가 영어 핑계로 이서네 집에 다시 드나들면서 부쩍 잠을 잘 자더라. 그 이대 다니는 아프리카 처녀 덕

분에 여럿 살았지 뭐냐.'이서도 말문이 트이고, 너는 몽유병 없어
지고."

내가 한밤중에 책가방을 메고 거실을 돌아다녔다는 것도 놀라
웠지만, 할아버지가 모든 공을 이시 누나한테 돌린 것도 감동적이
었다.

"이 집에 할아버지가 있어서 너무 다행이다, 매일 그렇게 생각
했어요. 잠을 잘 자게 된 건 할아버지 덕분이고요. 다신 욕 안 할게
요. 사랑해요, 할아버지."

나는 최대한 크게 손 하트를 만들어 할아버지한테 선물했다. 할
아버지는 뜰채로 매미를 잡아 줬을 때처럼 덥석 그 하트를 낚아채
는 시늉을 했다.

순간, 찌릿 하는 전율이 아랫배에서부터 심장 쪽으로 빠르게 이
동하는 게 느껴졌다. 그게 뭐냐고 묻는다면 이렇게 답하고 싶다.

아마도 그건 정서적 공감이라는 애벌레가 행복이라는 나비로
탈피할 때 느껴지는 작은 진통 같은 것이라고.

오호, 인스턴트지만 제법이야

나 도이서, 가슴이 콩 콩 콩 뛰었다.

복순 할머니의 삼우제를 지낸 대니 최 아저씨가 집으로 찾아왔기 때문이다. 나를 앉혀 놓고 아빠 얘기 비슷한 거라도 하는 건 아닌가, 한걱정이었는데 예상외로 삼촌을 먼저 불렀다. 휴우.

얘기인즉슨, 장례식장에 찾아와 삼 일 내내 자리를 지켜준 동심경로당 어르신들께 소소하게나마 저녁 한 끼 대접하고 싶다, 그러니 곧 개업할 라면잇슈 가게의 시그니처 메뉴인 '계란떡만두햄치즈김치라면'과 '라면잡채'를 즉석에서 만들어 달라는 것이었다.

"아고, 형님, 감사합니다. 이시랑 이서 보내고 저는 조문도 못 갔는데, 이렇게 큰 배려를 해 주시다니!"

"이서야, 그때 같이 온 친구들도 꼭 부르렴. 알고 보니 죄다 동심경로당 손자들이더군그래."

"그러게 말입니다."

"떡이랑 수육도 준비해 놨으니 염려 말고. 고기 후 냉면 같은 개념이랄까. 아프리카 가기 전에 꼭 팔아 주고 싶었는데 두루두루 잘됐지, 뭐."

가게 오픈 전, 시그니처 메뉴를 선보일 절호의 기회이니 삼촌 입장에서는 이보다 더 좋을 순 없었다. 황 여사의 주름진 눈가에도 화색이 맴돌았다.

그러나 올 것은 오고야 만다. 휴우, 대니 최 아저씨가 드디어 나를 향해 눈짓을 했다. 잠깐 얘기 좀 하자는 간절한 시그널이리라. 솔직히 라면 얘기에 빠져 살짝 방심하고 있었는데.

머뭇거리고 있으려니 이번엔 낮은 목소리로 쐐기를 박았다.

"이서야, 아저씨랑 잠깐 대화 좀 할까?"

열여섯이나 되고 보니 대충 그림이 그려진다. 올 수밖에 없는 것들은 피할 수 없다는 걸. 발버둥 쳐 봐야 생채기만 더 커진다는 걸.

예전보다 말이 는 건 사실이지만, 대화가 될 정도인지는 여전히 자신이 없었다. 그렇지만 지유와 민수한테도 약속한 것처럼 더 이상은 피하지 않을 작정이었다. 나는 심호흡을 한 번 한 뒤 천천히 고개를 끄덕였다.

"며칠 뒤엔 다시 아프리카로 갈 작정이야. 아크라에도 며칠 들를 건데 아빠한테 줄 생일선물 있지? 내가 대신 전해 줄게. 부치느라 고생하지 말고 나한테 주렴."

대니 최 아저씨는 상당히 고단수였다. 아빠의 사주를 받은 게 분명했지만, 너무 자연스러워 거의 티가 나지 않는 데다 훈계조가 아니라 크게 거슬리지도 않았다. 단순한 민수였다면, "아, 네. 대신 전해 주시면 감사하겠습니다" 하고 당장에라도 선물을 사러 뛰쳐나갔겠지만, 나는 민수가 아니었다.

거의 삼 분 동안 머리를 굴렸지만, 마땅한 답이 떠오르지 않았다. 게다가 아빠 소리에 속에서부터 뭔가 뜨겁고 뭉클한 것이 솟구쳤다.

"아빠랑 저, 생일선물 주고받는 그런 사이 아니에요."

젠장, 결국 진심이 튀어나와 버렸다. 무표정하다 못해 싸늘함이 느껴지는 대꾸에 대니 최 아저씨가 흠칫 놀랐다.

그 말 속엔 여러 가지 의미가 들어 있었다. 첫째, 아빠는 내 생일에 전화 한 통 없었다. 내가 문자, 카톡, 메일까지 몽땅 수신 차단을 걸어 놓은 건 맞지만, 마음만 먹으면 삼촌이나 이시 누나를 통해서라도 목소리를 들려줄 수 있었다. 둘째, '계란떡만두햄치즈김치라면'은 가슴 찢어지는 엄마와의 마지막 기억이었지, 결코 내가 원하는 선물이 아니었다. 내가 진정 바란 건 아빠가 온 마음을 다해 "미안하다"고 말해 주는 것이었다.

"이서야, 니 아빠는 너한테 자기보다 도이시가 더 필요하다고 생각했던 것 같아. 서로 생각하는 해법이 달랐던 거지. 한국 오기 전까지 도이시가 널 거의 업어 키웠거든. 너는 도이시랑 한시도 떨어지려고 하지 않았어. 도이시하고는 말도 잘하고 웃기도 잘했지. 언젠가 동네 슈퍼에서 가스 폭발 사고가 있었는데 그때도 도이시는 네가 다칠까 봐 아킬레스건이 끊어질 만큼 뛰었다고 하더라. 이서 네가 원인 모를 감염병으로 몇 날 며칠을 앓았을 때도 도이시만 찾았대. 그런데 도통 차도가 없어서 어쩔 수 없이 한국에 오게 된 거지. 네가 도이시랑 안 떨어지려고 얼마나 울었는지 하마터면 비행기도 못 탈 뻔했다더라.”

아, 그 꿈이 그거였구나. 진짜로 있었던 일이었어. 내 목숨을 살리려고 그 가는 다리로 죽을힘을 다해 뛰어가던 이시 누나의 모습이 백 퍼센트 리얼이었다는 사실에 나도 모르게 탄식이 흘러나왔다.

“그때 도이시를 데려오려고 엄청 노력했지만, 쉽지 않았어. 결국 십 년 만에 니 아빠는 그 약속을 지킬 수 있었고. 알아, 너무 늦었다는 거. 그래도 이건 꼭 알아주면 좋겠다. 니 아빠는 자기보다 도이시가 너한테 더 필요한 사람이라고 굳게 믿었다는 걸. 그게 규현이가 네게 전하는 진심 어린 사과라는 걸.”

대니 최 아저씨가 사진 한 장을 내밀었다. 촛불을 켠 케이크 앞에서 박수를 치며 좋아하는 꼬꼬마 시절의 나와 그런 나를 사랑스러운 눈길로 바라보는 이시 누나였다.

“내가 찍은 사진인데, 이제야 주인을 찾았네. 너희 세 식구 비행기 타기 전, 도이시 생일이라 어렵게 구한 케이크로 마지막 축하를 해 줬거든. 실컷 앓고 난 후인데도 네가 좋아라 하며 콩그레츄,

콩그레츄 하더라. 너무 귀여워서 일회용 필름 카메라로 한 컷 남겨 뒀다. 여러 장 출력했는데 한 장은 네 아빠 주려고. 여하튼 생각이 바뀌면 언제든 연락해라. 기다리마."

동심 경로당은 대니 최 아저씨가 준비한 감사 저녁상 때문에 네 시경부터 북적거렸다. 아침부터 채소도 색색으로 볶아 놓고 달걀 푼 라면 국물도 끓여 놓는 등 요리 밑 작업을 야무지게 미리 해 둔 터라 삼촌은 여유가 만만했다. 한 시간 뒤 즉석에서 한 번 더 볶고 끓이기만 하면 된다며 우선은 떡과 수육을 폭풍 흡입하느라 바빴다. 반대로 황 여사는 본인이 더 긴장한 듯 연신 효자손을 만지작거렸다.

민수 할아버지는 오늘 아침부터 굶어 몹시 시장하다면서도 "민수야, 이서처럼 키 크려면 야무지게 잘 먹어야 한다"며 민수부터 챙겼다. 둘은 할아버지와 손자라기보다 나이를 초월한 친구처럼 보였다.

새초롬한 줄만 알았던 지유 할머니는 복순 할머니가 두고 간 방석이며 머그컵, 숟가락, 돋보기 등을 챙기기 시작했다. 지유는 장바구니 같은 것을 둘러멘 채 묵묵히 할머니를 따라다녔다. 모아서 대니 최 아저씨한테 주려는 거겠지. 지유한테 들으니 지유 할머니와 복순 할머니는 모녀지간처럼 사이가 좋았다고 했다.

이시 누나와 쏙 누나는 할머니, 할아버지들한테 둘러싸여 호기심과 귀여움을 독차지하고 있었다.

"세상에, 아프리카에서 여기까지 오느라고 진짜 고생했겠네그려."

성격 좋기로 유명한 동일슈퍼 할머니였다.

"이 경로당에서 아프리카 가 본 사람은 나밖에 없을걸."

동심 경로당 최고의 브레인으로 손꼽히는 박 교감 할아버지였다. 재작년, 노고산 초등학교 교감선생님으로 은퇴를 한 분이었다.

"거긴 남아프리카공화국 케이프타운이고요. 여기 미스 도는 서아프리카 가나 출신이라니까요."

복순 할머니의 머그컵을 닦던 지유 할머니가 참지 못하고 나섰다.

"맞습니다, 가나입니다. 아임 프롬 아크라 인 가나."

이시 누나의 짧은 한마디에 다들 영어 발음이 기가 막힌다며 칭찬을 했다. 웃지 않으려야 않을 수가 없었다. 작은 것까지 신기해하고 기특해하니 이시 누나 얼굴이 아프리카 나팔꽃처럼 활짝 폈다.

"그럼 고향 가나엔 언제 다시 가나?"

쏙 누나가 질 수 없다는 듯 아재보다 더 아재 같은 개그를 치자 모두 물개박수를 치며 웃어 댔다. 그러자 쏙 누나의 눈이 등대풀꽃처럼 또랑또랑해졌다.

"재미지다, 재미져. 한국말을 어찌 그리 잘할까? 아주 귀에 쏙 들어오는구먼!"

비가 오나 눈이 오나 경로당 한 켠에 나팔꽃이며 삼색제비꽃,

등대풀꽃, 당아욱꽃, 조팝나무꽃 같은 풀꽃을 키우느라 구슬땀을 흘린다는 올해 아흔을 갓 넘긴 일명 꽃밭 할아버지였다. 황 여사는 꽃밭 할아버지가 가꾼 풀꽃들을 보는 재미가 쏠쏠하다고 했다. "금산 우리 집 뒷마당에도 제비꽃이 한가득이었는데"하며 지그시 눈을 감기도 했다. 그러면서 매일 저녁 동화책을 읽어 주듯 동심 경로당을 지키는 작지만 소중한 풀꽃들 이야기를 들려주었다.

"와, 할아버지, 제 이름이 쏙이에요, 쏙."

쏙 누나가 끼어들자 경로당이 또 한 번 뒤집어졌다. 하긴 가만 있을 쏙 누나가 아니지.

그 순간, 나는 경로당이 하얀 조팝나무꽃 같다고 생각했다. 하얀 좁쌀을 다닥다닥 붙여 놓은 듯해 조팝나무라는 이름이 붙었다지, 아마. 같이 있어 환하고 함께라서 야단스러운 조팝나무꽃 말이다.

내 생각에 '계란떡만두햄치즈김치라면'과 '라면잡채'는 누구도 싫어할 수 없는 메뉴였다. 물론 국물을 낸다든가 양념장을 만드는 등의 가장 힘든 기초 과정을 과감하게 생략한 인스턴트 음식이지만, 여러 가지 재료가 조화롭게 어우러진 데다 손맛과 정성까지 더했기에 도저히 맛이 없을 수가 없었다.

예상대로 두 메뉴는 인기가 아주 좋았다. 무엇보다 치아가 안좋은 어르신들이 드시기에 부담이 전혀 없었다. 여기에 감칠맛 나는 알록달록한 채소와 고명을 보태 영양과 비주얼까지 고려했기에 모두 라면이 아니라 요리 같다며 덕담을 건넸다. 체질상 밀가루를 먹으면 내일모레까지 소화가 안 된다는 할머니 한 분을 빼고는 모두 그릇을 싹싹 다 비웠다.

"공짜라서 그런 겨, 이눔아. 주머닛돈, 쌈짓돈 내고 사 먹는다구 생각해 봐라. 칭찬이 한 다발일지 욕이 한 다발일지 니가 알게 뭐냐. 머리만 컸지, 생각은 아주 개미 콧구멍이라니께."

허허실실 웃고 있는 삼촌을 향해 황 여사가 팩폭을 날렸다.

"어휴, 엄마는 왜 맨날 애 기를 죽여?"

시무룩해진 삼촌이 투덜거렸다.

"니가 애냐, 니가 애여? 옛날 같았으면 장가가서 애 서넛은 거뜬히 낳았어!"

그때였다. 언제 왔는지 지유 이모, 그러니까 지유 엄마의 언니가 '계란떡만두햄치즈김치라면'을 그릇째 마신 뒤 냅킨으로 입을 닦으며 엄지손가락을 세워 들었다.

"아니에요. 진짜 맛있어요. 전 제 돈 내고 가서 사 먹으려고요."

"진짜요? 와, 감사합니다. 개업하면 꼭 오세요. 제가 곱빼기로 끓여 드릴게요."

신이 난 삼촌이 앞치마 주머니에서 곧 오픈할 라면잇슈 가게 명함을 꺼내 들었다.

"이모, 이모 명함도 드려. 오픈 때 명함 추첨 이벤트도 한대."

지유가 덤덤한 척 이모를 꾀었다. 나와 지유를 제외하고 두 사람이 명함을 주고받는 찰나를 매의 눈으로 지켜보는 사람이 한 명 더 있었다. 바로 황 여사였다. 할머니의 눈이 그렇게 반짝거리는 걸 나는 생전 처음 보았다. 굵은 주름이 팬 얼굴에 당아욱꽃 같은 발그레한 웃음이 번져 가는 것도.

아프리카로 띄우는 편지(feat. 〈전국노래자랑〉)

오늘도 노고산동 우리 집은 점심나절부터 시끌벅적하다.

쏙 누나는 그동안 밤낮으로 일해 모은 돈으로 할머니와 동생들이 기거할 작은 집 한 채를 구해 주고 왔다며 자랑이 엿가락처럼 늘어졌다. 자기처럼 영어도 잘하고 한국말도 유창한 외국인은 드물기에 이 주씩 자리를 비워도 사장이 자기를 자를 엄두를 못 낸다, 바짓가랑이를 붙들고 매달렸지만 내가 더 큰 뜻이 있어 그만두는 거다, 라며 밉지 않은 잘난 척이 한나절이었다.

"그렇게 대단한 능력자가 왜 쥐꼬리만 한 라면집으로 이직을 해요?"

민수가 삐죽거리며 물었더니 쏙 누나가 혀를 끌끌 찼다.

"옴마, 마당은 삐뚤어졌어도 장구는 바로 치자. 이직 아니고, 동업이야 동업. 그리고 어디까지나 투잡이다, 얘들아. 밤엔 당구장 가야 하거든. 당구 원포인트 레슨 해 주러."

삼촌도 쪽 누나의 말이 맞다는 듯 고개를 끄덕였다. 그 순간, 티브이를 보던 이시 누나가 "오 마이 갓!"을 연발하기 시작했다.

"와우, 마포구 싱잉 콘테스트 이즈 컴잉. 우리도 참가해요. 꼭요!"

이시 누나 말인즉슨 다음 주에 마포구청 대강당에서 〈전국노래자랑〉 예선 대회가 열린다는 것. 자신과 삼촌 그리고 쪽 누나가 라면가게 글로벌 삼인방 콘셉트로 참가하면 단합대회 겸 가게 홍보 효과도 있으니 일석이조라는 얘기였다.

사실 이시 누나는 평소엔 얌전해 보여도 음악만 나오면 가나인 특유의 넘치는 흥을 주체하지 못했다. 가나에선 음악에 맞춰 그루브를 타는 건 일상다반사라고 했다.

"맞아, 우리 가나 사람들, 흥부야 흥부."

"이시야, 흥부가 아니라 흥부자. 흥 플러스 부자, 리취. 갓잇?"

"오! 흥부자!"

갑자기 지유가 물었다.

"이시 언니, 가나 사람들은 빈소에서도 춤을 춘다는데 정말이에요?"

"설마! 고인 앞에서 곡을 하는 게 아니라 요래 요래 춤을 춘다고?"

〈전국노래자랑〉 예선 대회에 나갈 생각에 푹 빠져 있던 삼촌이 까딱까딱 리듬을 타며 반문했다.

"롸잇. 빈소에서 나온 후 춤을 춥니다. 울고 슬퍼하면 비매너입니다. 비코즈, 고인이 헤븐 가는 기쁜 날입니다. 삼 일 후엔 울 수 있어요. 그러나 애즈 유 노, 잇츠 어 서브리메이션 오브 쏘로우 인투 댄스. 갓잇?"

"다들 알아들었지? 진짜 좋아서 추는 게 아니라 슬픔을 춤으로 서브리메이션했다는 거."

"씨부리메이션? 그게 뭔데?"

삼촌이 감히 쏙 누나의 영어 발음을 모독하는 듯한 발언을 하자 쏙 누나가 뒷목을 잡고 쓰러지는 시늉을 했다.

"씨부리긴 뭘 씨부려요. 서브리메이션이라니까."

"슬픔을 춤으로 승화시켰다, 그거죠?"

우등생 민수가 뻐기듯 대꾸했다. 장례식장 순례에 일가견이 있는, 아니 있었던 지유는 지그시 눈을 감고 있었다. 나도 배 속이 찌릿찌릿해졌다. 엄마의 장례식장에서 천국 가는 길을 축하하며 기쁨의 세리머니를 할 수 있었다면 어땠을까. 덜 슬펐을까, 덜 아팠을까. 나는 고개를 흔들었다. 춤을 춘다고 해서 정말로 슬픔이 기쁨으로 승화되지는 않겠지만, 최소한 눈물조차 흘릴 수 없어 좀비가 된 내게 '쟨 새엄마라서 안 우냐'는 따위의 막말은 듣지 않았겠지.

마포구청 대강당이 터져 나갈 정도로 사람들이 몰려왔다. 사전 신청으로 520명이 접수했고, 현장 접수에 200여 명이 더 찾아오는 바람에 예심 참가자만 700명을 웃돌았다.

웃긴 건 1차 예심이 무반주라는 것이다. 짧으면 이십 초, 길면 사십 초 정도 반주 없이 노래를 해야 한다고. 노래만 하면 그나마 나은데, 율동까지 무반주로 한다는 건 생각만 해도 손발이 다 오글거렸다.

마포구청 관계자로 보이는 진행자가 몇 가지 주의점을 알려주었다. 쓸데없는 자기소개는 외려 독이 된다. 자랑도 짧고 굵게 해라. 자작곡이나 개사한 노래도 금지, 본선 초대가수가 부를 노래도 금지곡 중 하나란다.

덩치 큰 삼촌과 이대 다니는 아프리카 출신 이시 누나, 한국 사람보다 한국말을 더 잘하는 캄보디아 출신 쪽 누나의 조합은 보자마자 호기심을 불러일으키기에 충분했다.

셋이 준비한 노래는 요즘 십 대들 사이에서 인기몰이 중인 AI 가수 '순박'의 웃긴 댄스곡 〈넘나 사랑스러워〉. 곡목을 듣자마자 나는 온몸이 오그라들다 못해 조만간 사라져 버릴 것만 같았다. 안 어울려도 저렇게 안 어울릴 수가. 그런데 그게 신의 한 수가 됐다.

처음에는 〈라면송〉이나 〈땡벌〉 같은 트로트를 부르자는 의견도 많았으나 〈전국노래자랑〉의 특성상 마동석 같은 삼촌이 얼굴에 철판 깔고 귀여운 척하며 잔망잔망하게 하는 듯 마는 듯 율동을 선보이면 틀림없이 인기를 끌 것이라는 데 생각이 모아졌기 때문이다. 가사 중 '여자'를 '손님'으로 살짝 티 안 나게 개사하자는 삼촌의 '대단할 것 없는' 야심도 한몫했고.

우어어, 보기만 해도 넘나 사랑스러워

우어어, 니가 나의 '손님'이라는 게 좋아, 좋아

기다림도 아이스크림처럼 달콤해

잠도 오지 않고 흐린 새벽마저 즐거워

장대비 내리치는 어두운 밤에도

니 생각, 니 머릿결 향기에

가슴이 보송보송, 심장이 반짝반짝

눈물도 진주가 되는 너

우어어, 놀라운 하루, 기적은 이런 거야

대체 어디서 왔니, 왜 이제야 왔니

우어어, 보기만 해도 넘나 사랑스러워

우어어, 니가 나의 '손님'이라는 게 좋아, 좋아

"노고산동의 잘생긴 마동석 도수현, 가나에서 온 똘똘이 이화여대 교환학생 도이시 미켈란, 당구 잘 치는 캄보디아 출신 쪽으로 구성된 라면잇슈 삼총사입니다. 기억해 주세요~."

셋의 이구동성 자기소개가 끝나자마자 여기저기서 박수가 터져 나왔다. 그렇지만 노래는 완전 불협화음이었다. 삼촌의 잔망 댄스, 이시 누나의 나르시시즘 댄스, 쪽 누나의 막춤 등 보는 것만으로도 웃음을 자아내는 춤사위가 아니었다면 1심도 단박에 탈락했을 것이었다.

지나치게 오버하지 않으면서 무대를 휘젓듯 넓게 쓰는, 한마디로 시선 강탈 율동이랄까. 삼촌은 그저 뒤로 돌아 이시 누나가 가르쳐준 대로 엉덩이만 살살 돌렸을 뿐인데도 웃겼다. 아무래도 덩치에 안 맞는 귀여움 때문이겠지.

이시 누나는 물 만난 고기처럼 온몸으로 그루브를 탔는데, 눈까지 살짝 감은 게 완전 자기 자신한테 도취되어 있는 것 같았다.

쏙 누나는 정말 몸치였다. 나름 애를 쓰는데도 내 눈엔 그저 황여사의 효자손 막춤처럼 보였다.

700여 명 중 1차 예심 통과자는 불과 50명. 솔직히 라면잇슈 삼총사의 합격은 전적으로 〈전국노래자랑〉이기에 가능한 것이었다. 노래는 못 불렀지만 "딩동댕동댕" 하는 "솔도미솔도"의 합격 실로폰 소리를 차지한 팀은 삼촌네 말고도 꽤 여럿 있었다. 대회 이름은 노래자랑인데 노래를 못해도 합격이라니, 참으로 아이러니한 대회가 아닐 수 없다.

곧이어 2차 예심이 시작됐는데, 천만다행으로 노래방 반주가 가능했다.

심사위원은 〈전국노래자랑〉을 제작하는 외주 프로덕션 피디와 트로트 가요 작곡가 둘이었다. 가만히 보니 말도, 분위기를 들었다 놨다 하는 것도 죄다 작곡가 아저씨의 몫이었다. 피디 아저씨는 매의 눈으로 이것저것 살피느라 내내 미간이 푹 파여 있었다.

작곡가 아저씨가 마이크를 쥐더니 노래자랑인데, 노래자랑이 아니라는 희한한 소리를 매우 구체적으로 하기 시작했다.

"이건 순수한 보컬 오디션이 아니에요. 그래서 노래 실력만 보는 게 아니라 웃기거나 남다른 재주가 있는 사람 또는 재밌는 사연이 있는 사람이 합격할 확률이 높단 뜻이죠. 다시 말해, 노래와 재치의 대결이랄까. 연령별 안배도 해야 해서 웬만큼 노래를 잘해도 땡 칠 수 있으니 절대 섭섭해하지 마셔요들. 아셨죠?"

라면잇슈 삼총사가 당당히 2차 예심을 통과한 건 작곡가 아저씨가 침을 튀기며 설명해 준 합격 조건 중 '웃겨서'와 '재밌는 사연' 때문일 것이다. 셋의 노래 실력은 정말 넘사벽으로 꽝이었다. 남다른 재주가 있는 건 더더욱 아니었고.

그렇게 노래방 반주에 맞춰 또 한 번 개성 넘치는 댄스 실력을 선보인 셋은 누가 봐도 웃겼고, 또 재밌는 사연도 있어 보였다.

화면 구성을 생각하느라 내내 심각해 있던 피디 아저씨가 드디어 마이크를 켰다.

"댄스도 그렇고 조합도 그렇고, 뭐 나름 인기상감이긴 한데, 이 프로 부족하단 말이야. 뭐 더 보여 줄 거 없어요?"

앞자리에서 구경하던 나, 민수, 지유를 발견한 삼촌이 무릎을 탁, 쳤다.

"중3짜리 아이들 셋이랑 칠십 대 어르신 세 분으로 백댄서를 구성하면 어떨까요? 세대와 국경을 뛰어넘은 노고산동의 글로벌 프로젝트팀요."

흥분한 삼촌의 입에서 저렇게 유식한 말이 술술 흘러나오다니. 그건 그렇고, 중3짜리 아이들 셋이면 나, 지유, 민수를 가리키는 건가. 어르신 셋은 황 여사, 지유 할머니, 민수 할아버지이고? 아무리 급해도 그렇지, 사전 양해도 없이 약을 팔아? 황 여사가 알면 효자손으로 하루 종일 두들겨 맞고도 모자랄 텐데.

특히, 지유와 지유 할머니가 오케이할 리가 없다. 새초롬하기 그지없는 지유 할머니라면 팔짱을 낀 채 우아하게 싫은 티를 팍팍 내겠지. "미스터 도, 상의도 없이 이러는 건 아니지" 하면서.

나 역시 이건 아니다 싶어 손짓으로 삼촌을 말리려는데 피디 아저씨가 큰 소리로 외쳤다.

"오케바뤼. 본선 녹화까지 며칠 남았으니까 낼모레 월요일까지 동영상 찍어서 보내 줘요. 아니다 싶으면 그대로 셋만 나오는 거고. 아셨죠?"

할머니 황 여사는 〈전국노래자랑〉이라는 소리에 뛸 듯이 기뻐했다. 왕년에 발바닥 때 좀 벗겨 본 솜씨라며 걱정 붙들어 매라고 큰소리를 쳤다.

민수 할아버지 역시 싫지 않은 표정이었다. 황 여사처럼 요란스레 좋아하는 티를 내지는 않았지만, 얼굴 가득 기대에 찬 미소가 피어올랐다.

그러나 지유 할머니에 비하면 두 분은 반전도 아니었다. 지유 할머니는 〈전국노래자랑〉 백댄서 얘기를 듣자마자 자신의 아쿠아로빅 동영상을 보여 주며 자기는 돈을 주고 섭외해야 할 만큼 수준 높은 댄서다, 그렇지만 의리를 봐서 참가하겠다고 얄미운 소리를 했다. 여하튼 세 분은 너무나 신이 나 보였다.

문제는 나, 지유, 민수였다. 〈전국노래자랑〉이라니, 이게 어디 가당키나 한 얘긴가. 버벅거리며 자기소개도 잘 못 할 게 뻔한 내가 춤을 춘다는 건 그야말로 어불성설이었다. 지유랑 민수도 반대할 게 뻔했다.

그런데 지유도, 민수도 내 예상을 완벽하게 비껴갔다.

"나 너무 신나. 임영웅도 〈전국노래자랑〉 출신인 거 모르냐? 얼굴 되지, 몸 되지, 공부 잘하지, 어쩌면 나 배우 같은 거로 캐스팅될지도 몰라."

민수가 김칫국을 사발로 들이켰다. 국어 시간에 배운 표현을 빌리자면 지유도 '쩍지게' 추는 수준이었다.

"보란 듯이 티브이에 나갈래. 이제 더 이상 찌질한 김지유가 아니란 걸 보여 주겠어."

"〈전국노래자랑〉에 나가는 게 더 찌질한 게 아닐까?"

"말도 안 돼!"

내가 혼잣말처럼 조용히 읊조리자 지유와 민수가 동시에 소리를 질렀다.

"라면잇슈 삼총사, 동심 경로당 삼총사도 나간다는데, 아지트 삼총사가 빠지면 되겠냐? 트와이스도 9명, 엑소, 펜타곤도 9명, 우리도 9명, 딱이잖아."

민수가 한술 더 떴다.

"말도 안 돼. 우리가 무슨 트와이스냐? 엑소는 또 뭐고."

내가 기가 찬다는 듯 다그치자 지유가 팔짱을 낀 채 세상 쌀쌀맞은 목소리로 협박을 해 왔다.

"야, 니 절친이 장례식장 돌아다니기를 원해, 〈전국노래자랑〉 참가하길 원해?"

그러자 민수도 질세라 한마디 보탰다.

"니 베프가 욕쟁이로 살길 원해, 〈전국노래자랑〉 참가하길 원해?"

"헐~!"

결국, 나는 말도 안 되는 협박에 못 이겨 백댄서 참가를 수락하고 말았다. 그런데 나, 협박에 못 이긴 거 맞는 거지? 그치?

안무 선생은 이시 누나였다. 이시 누나는 물 만난 고기처럼 동심 경로당 삼총사와 아지트 삼총사를 지도했다. 일명 위아더월드 춤이라나 뭐라나.

이시 누나는 백댄서 중 어르신 셋의 무릎 관절을 고려해 최대한 무리가 가지 않도록 동작을 최소화했다. 두 손을 어깨에 올린 채 발을 구르는 아프리카 댄스의 기본 동작에 캄보디아 압살라 춤의 손동작, 〈범 내려온다〉로 유명한 이날치 밴드의 흥거운 수궁가 춤 사위를 연결한 반복적이면서도 중독성 있는 춤이었다. 가나대학교 최초의 이화여대 사회복지학과 교환학생답게 국제적 리더십이 장난 아니었다.

여기에 잔망한 삼촌, 무아지경의 이시 누나, 관광버스 춤 쪽 누나의 독무가 양념처럼 고루 섞이니 절로 웃음이 터졌다.

춤은 몸의 언어라는데 그 말이 딱 맞는 표현처럼 느껴졌다. 같은 춤인데도 각자 스타일도, 느낌도, 에너지도 모두 달랐다. 마치 목소리처럼.

휴대폰으로 촬영한 동영상을 보니 훨씬 더 재미있었다. 황 여사의 말처럼 인기상은 "떼어 놓은 당상"이었다. 특히, 춤을 많이 추면 성장호르몬 분비가 원활하다는 쪽 누나의 근거 없는 아는 체에 온 힘을 다해 몸을 흔드는, 아니 국민체조를 하는 민수 녀석을 보니 눈물이 쏙 빠질 만큼 웃겼다. 지유와 지유 할머니는 동작이 크지 않으면서도 매력적인 춤사위를 선보였고, 민수 할아버지는 계속 박자를 틀렸으며, 황 여사는 압살라 춤 대목에서도 계속 발을 굴렀다.

나는 어땠냐고? 뭐, 썩 괜찮았다. 평소보다 부교감신경계가 활성화되고 신진대사가 촉진된 듯 기운이 나고 기분도 전환되는 것 같았다. 이런 얘기를 민수에게 했다간 "내 그럴 줄 알았어. 일 년 365일 축 처진 너한테 가장 필요한 건 역시 음이온이라니까" 하며

3박 4일은 잘난 체를 할 것이었다.

솔직히 말해 민수가 생일선물로 준 게르마늄 건강 팔찌를 차고 있었던 건 맞다. 그렇지만 그건 녀석의 정성이 갸륵해서이지 선물이 맘에 쏙 들어서는 결코 아니었다. 공산품 티가 팍팍 나는 구닥다리 팔찌에서 진짜 음이온이라도 팡팡 방출된다고 믿는 걸까, 녀석은. 할아버지나 아버지의 것을 슬쩍 한 건 아닌가 하는 의심도 조금 들었고.

생일선물을 받은 날, 나는 민수에게 카톡을 보냈다.

나

> 중3한테 게르마늄 팔찌가 뭐냐. 혹시 할아버지 거 슬쩍 한 거냐?

민수

> 죽고 싶냐. 내 생선을 모독하는 건 날 모독하는 거야, 쉐꺄.

나

> 대체 의도가 뭐임? 서, 설마 커플 팔찌? 와, 진짜 그거면 너 죽고 나 죽는다.

민수

> 아, 미친놈. 내가 왜 너랑 커플 팔찌를 하냐. 지유면 몰라도. 캬캬캬.

나

> 지유는 너 이러는 거 알라나 몰라.

민수

> **입도 뻥끗 마. 조만간 고백할 거니까……. (부끄부끄)**

그래, 덕분에 마음의 음이온을 얻었으니 그걸로 됐다. 지유한텐 철저히 비밀로 해 주마. 모르긴 해도 지유는 이미 눈치를 채고도 남았을 테지만.

뭐니 뭐니 해도 가장 좋았던 건 다 같이 어우러져 추니 나만 도드라져 보이지 않아 마음이 편안했다는 것이다. 조금 틀려도 눈에 잘 띄지 않고 설사 들켰다 해도 그것조차 보는 이를 즐겁게 하는 군무이니 이보다 더 좋을 순 없었다.

비록 소리 언어는 아니었지만, 나를 짓누르는 것 같은 부담감 없이 자유롭게 한바탕 춤을 추고 나니 마치 실컷 수다라도 떤 것처럼 머릿속이 개운했다. 바로 그때 대니 최 아저씨한테서 메시지가 도착했다.

"삼촌, 대니 최 아저씨 오늘 아프리카 간대. 나 꼭 전해 줄 게 있는데 공항에 데려다주면 안 돼?"

내가 거의 울 듯한 표정으로 애걸복걸하자 열여섯 개의 눈이 동시에 내게로 향했다. 황 여사가 삼촌의 등짝을 효자손으로 내리치며 소리를 질렀다.

"이서가 말하잖아. 공항 가게 얼른 차 끌고 와, 이눔아."

삼촌이 머리띠도 벗지 못한 채 서둘러 주차장으로 간 사이, 나머지 사람들도 웅성웅성하며 공항 갈 채비를 했다. 나는 얼른 방으로 들어가 아빠에게 줄 선물 보따리를 가지고 나왔다. 그건 이시 누나가 내게 준 것과 비슷한 집 모양의 나무 저금통이었다.

라면잇슈 삼총사, 동심 경로당 삼총사, 그리고 아지트 삼총사까지 우리 9명은 그렇게 삼촌이 운전하는 낡은 봉고차에 몸을 실은 채 공항으로 향했다. 왜 굳이 같이 가야 하는지도 모른 채.

민수 할아버지와 두 할머니는 이내 곯아떨어졌고, 민수와 지유, 그리고 쏙 누나는 〈전국노래자랑〉 피디한테 보낼 동영상을 점검하느라 바빴다.

조수석에 앉은 이시 누나와 나는 아무 말 없이 공항 가는 길 위에 펼쳐진 바닷빛 하늘만 올려다보았다. 잠시 후, 엄마가 건너야 할 대서양의 바다 역시 이처럼 풍성한 남빛이겠지, 생각하니 엄마와의 이별이 부쩍 실감되었다.

대니 최 아저씨가 선물 이야기를 한 후부터 나는 틈틈이 이시 누나와 함께 나무 저금통을 만들었다. 말재주에 손재주까지 없어서 거의 이시 누나가 만들어 주다시피 했지만. 이시 누나 말대로 중요한 건 마음을 담은 행동이니까. 마치 노래를 못해도 좋은 〈전국노래자랑〉처럼 말이다.

그러나 내가 매일 손편지를 써서 아빠에게 줄 저금통에 넣었다는 건 이시 누나도 모르는 일이다. 그 속엔 엄마의 영정사진으로 썼던 여권용 사진 한 장과 함께 '계란떡만두햄치즈김치라면' 레시피를 깨알같이 적은 마지막 편지도 있었다.

　나는 슬그머니 이시 누나의 손을 잡았다. 그러고는 이시 누나의 손등으로 눈물을 닦았다. 이제 엄마는 노고산동 하늘이 아니라 아프리카 가나 아크라의 하늘에서 나를 기다리게 되겠지. 그것도 일편단심 순정파 아빠와 함께 나란히.

　'선택적 함구증'을 가진 중3 소년 도이서를 중심으로 이야기는 펼쳐집니다. 이서는 아무것도 선택할 수가 없었습니다. 선택은 언제나 어른들의 몫이었습니다. 그래서 이서는 혼자, 몰래, 더 많이 외로웠습니다.

　그런 이서에게 저 멀리 아프리카에서 엄마, 아빠의 선물 같은 누나 도이시 미켈란이 찾아옵니다. 피부색도 다르고 언어도 잘 통하지만, 그녀는 '내 동생 이서'를 위한 선택이 무엇인지 생각하고 또 생각하는 특별한 존재입니다.

　투박한 겉모습과 달리 이서를 위해서라면 직장을 그만두고 라면 가게를 차릴 만큼 속은 몽글몽글한 삼촌, 야무진 캄보디아 누나 쪽, 무심한 듯 노련한 동심 경로당 삼총사가 어우러진 유쾌한 조합은 마치 뭔가 부족한 김치찌개에 넣은 라면 수프처럼 이서의 마음에 감칠맛을 냅니다.

　이서와 함께 먹는 컵라면 한 그릇에 걸쭉한 욕설을 내뱉는 것으로 애써 불안함을 누르는 소꿉친구 민수, 장례식장을 순례하며 지독한 슬픔을 삭이는 소녀 지유도 있습니다. 눈치채셨겠지만 소설 속에서 셋은 외롭고 상처 입은 작은 가슴을 서로 어루만지며, 좋은 사람으로 한 발 한 발 성장합니다.

　느닷없지만 조건 없는, 그래서 더 위안이 되는 이런 조합은 제가 어릴 때부터 늘 꿈꾸던 것이었습니다. 비록 인스턴트식품이지만 맛있는 호로록 라면처럼요. 선택지조차 없어 아픈 누군가에게, 특히 '선택의 사각지대'에 있어서 매일 밤 홀로 눈물 흘리는 아이들에게 갓 끓인 라면 같은 온기를 전해 줄 수 있는 사람들이 있다면 얼마나 좋을까, 하고요. 그렇다면 겉모습이 나와 완전히 다른 사람이어도, 심지어 외계인이라도 상관없을 것 같았습니다.

　서울 마포구에서 유일하게 아파트 단지가 없는 오래된 산동네지만, 전 세계 그 어디보다 글로벌하고 따스한 노고산동에서 도이서와 도이시 미켈란의 이야기를 떠올린 건 필연이었던 것 같습니다.

　쓰는 내내 참 행복했습니다. 뭐에 홀린 듯 줄줄 써 내려갔다는 표현이 맞을 정도로요. 그러나 세상의 빛을 볼 거라고는 전혀 기대하지 않았습니다. 신춘문예 당선 이후, 장편은 한 번도 써 본 적이 없었으니까요.

　이 책이 출간될 수 있도록 부족한 제게 손을 내밀어 준 감사한 존재들에게 라면 한 그릇을 꼭 대접하고 싶습니다. 세상의 모든 것을 다 담은 것 같은 '계란떡만두햄치즈김치라면'을요.

2023년 9월

장이랑

계란떡만두햄치즈김치라면

1판 1쇄 2023년 9월 25일   1판 3쇄 2024년 4월 30일

지은이 장이랑 | 펴낸이 윤혜준 | 편집장 구본근 | 디자인 오필민디자인

펴낸곳 도서출판 폭스코너 | 출판등록 제2018-000115호(2015년 3월 11일)
주소 서울시 마포구 대흥로6길 23 3층 (우 04162)
전화 02-3291-3397 | 팩스 02-3291-3338
이메일 foxcorner15@naver.com
페이스북 /foxcorner15
인스타그램 /foxcorner15

종이 일문지업(주) | 인쇄·제본 수이북스

ⓒ 장이랑, 2023

ISBN 979-11-93034-06-4 43810

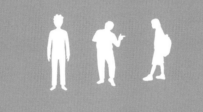